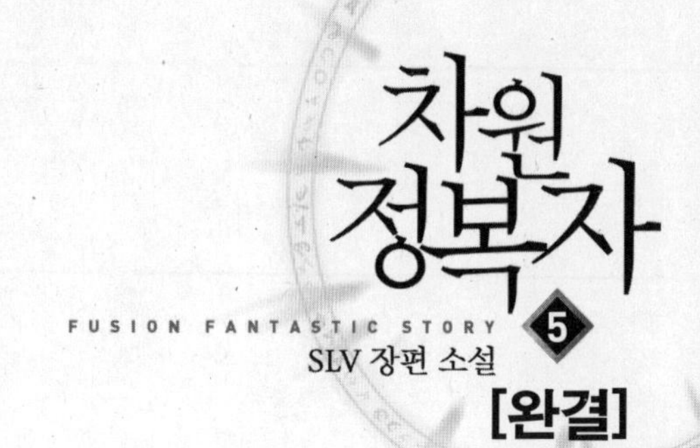

차원 정복자 5

FUSION FANTASTIC STORY

SLV 장편 소설

[완결]

차원정복자 5

SLV 장편 소설

초판 1쇄 찍은 날 § 2014년 4월 2일
초판 1쇄 펴낸 날 § 2014년 4월 9일

지은이 § SLV
펴낸이 § 서경석

편집부장 § 권태완
편집책임 § 박은정

펴낸곳 § 도서출판 청어람
등록번호 § 제387-1999-000006호
등록일자 § 1999. 5. 31
어람번호 § 제1-1823호

주소 § 경기도 부천시 원미구 부일로 483번길 40 서경B/D 3F (우) 420-822
전화 § 032-656-4452팩스 § 032-656-4453
http://www.chungeoram.com
E-mail § chungeorambook@daum.net

ISBN 979-11-5681-962-2 04810
ISBN 978-89-251-3512-0 (세트)

차원 정복자

FUSION FANTASTIC STORY

5

SLV 장편 소설

[완결]

도서출판 청어람

CONTENTS

차원
정복자

37장

꼬리잡기

니콜라이는 북한에 진출한 제우스 인원들의 경비를 책임지고 있는 책임자 중 한 명이다.

그렇게 지위가 높다고는 할 수 없지만 그렇다고 말단에 위치한 자도 아니었다.

이 니콜라이가 사건 현장에 목격되었다는 것은 다시 말해 제우스가 사건에 개입되었을 가능성이 상당히 높다는 것을 뜻한다.

"그렇다면 당장 니콜라이라는 놈을 잡아 족치면 되지 않나?"

유석이 이렇게 말하는 것도 무리는 아니었다. 그러자 은아가 고개를 저었다.

"체포하려고 해도 증거가 있어야지."

"증거?"

"강령술이라는 마법으로 유골의 기억을 읽었습니다. 그 결과 니콜라이라는 놈이 범죄자인 것 같으니 체포해야겠습니다. 이런 걸 용납해 줄 법원이 이 세상에 있겠어?"

듣고 보니 맞는 말이었다.

마법이라는 게 실존한다는 것은 의심의 여지가 없지만 그것을 법정에서 증거로 쓰려면 시간이 더 필요할 것이었다.

"그러면 어떡하지."

"뭐 수색영장이나 체포영장을 받아서 잡아 조사하는 게 정석이지만… 그 정석대로 할 수 없는 상황이니 국정원 스타일로 해야겠지."

"국정원 스타일?"

"그런 거 있잖아. 법적으로는 그다지 바람직하지 않은 방법들."

이제 유석도 이런 은아의 말뜻을 알아들을 수 있었다.

확실히 어렵게 잡은 단서다.

그것이 마법이라는 수단으로 인해 잡은 것이라 법적으로 증거로 인정되지 않는다고 해도 포기할 수는 없었다.

법적으로 인정이 안 된다면 법에 조금 벗어나는 일이라도 해야 하지 않겠는가.

윤리적으로 비난받을 소지가 있더라도 다른 방법은 없었다.

"역시 그럴 수밖에 없겠군."

"아, 정말. 나도 웬만하면 법을 준수하고 싶은데 정말 뭐가 잘 안 따라준다는 말이야."

법에 조금 벗어나는 일로 단서를 좇는다.

아직까지는 공식적인 방침이 아니라 은아의 예상이었다.

그러나 그것이 실제로 일어나기까지는 많은 시간이 걸리지 않았다.

"아무래도 니콜라이를 은밀하게 조사해야겠다."

팀원들을 소집한 수만이 내뱉은 첫마디였다. 예상한 소리라 아무도 놀라지 않았다.

"역시 합법적인 방법으로는 니콜라이를 조사할 수 없는 겁니까?"

한 요원이 물었다. 수만이 고개를 끄덕였다.

"그렇다. 다들 알겠지만 우리가 가진 것으로 수색영장이나 체포영장을 기대할 수 없다. 남은 방법은 한 가지뿐이지."

애초에 포기한다는 선택지는 존재하지도 않았다. 그렇다면 남은 방법은 정말 한 가지뿐이다.

"지금부터 이 니콜라이라는 자와 그 주변을 중심으로 조사를 시작한다. 모두들 알고 있겠지만 이것은 법의 보호를 받을 수 없는 임무다. 각별히 조심하도록. 알아듣겠나?"

"알겠습니다!"

이렇게 국정원의 니콜라이 및 주변 조사. 크게는 제우스에 대한 수사가 본격적으로 시작되었다.

* * *

비록 반항이나 그에 준하는 일을 하면 단숨에 목이 날아갈지도 모르는 처지였지만, 그런 것치고는 카리스의 처지는 그렇게 나쁘지 않았다.

노예의 상징처럼 느껴지는 생김새의 목걸이를 차고 있었는데 말이다.

하지만 이 제우스라는 자들은 카리스를 노예처럼 다루지 않았다.

최소한 레넌 제국에서 노예를 다루는 방법은 아니었다.

레넌 제국에서 노예의 삶의 질은 물론 주인의 인자함에 비례한다.

그러나 정말 특별한 경우가 아니면 다리에 족쇄를 차고 다니는 것은 기본이요, 조금만 일이 부진하거나 해도 채찍질은 기본이다.

만일 조금이라도 위험한 녀석이라고 인정되면 불문곡직 다리를 자른 뒤 팔만 필요한 일을 시킨다.

물론 반항, 하다못해 말대답이라도 하면 초죽음 혹은 진짜 죽음이 찾아온다.

그것이 카리스가 아는 노예의 삶에 대한 상식이었다. 물론 포로, 중죄인 등도 비슷한 처우를 받는다.

그러나 이 지구라는 차원의 녀석들은 최소한 노예나 죄수 등을 다루는 데는 훨씬 너그럽다는 사실을 인정할 수밖에 없었다.

이렇게 너그러운 녀석들이 그렇게 끔찍한 무기를 만들어 낸 게 믿기지 않을 정도였다.

'역시 알 수가 없는 녀석들이다.'

여러 번 했던 생각을 다시 반복하며 카리스는 자신의 일을 계속했다.

바로 이 지구의 문물과 마법을 융합하여 최강의 생물병기를 만들어 내는 것.

비슷한 일은 레넌 제국에서도 벌이는 일이었다.

여러 개의 국가도 아니고 차원을 정복한 레넌 제국에 반항하는 자들이 끊이지 않았기에 강력한 무기를 개발하는 것은 게을리할 수가 없었다.

그 강력한 무기 중에는 마법으로 만들어진 생물병기도 포함되었다.

주로 몬스터들을 세뇌하거나 개조하는 방법으로 이루어지고는 했다.

그런데 이곳에서는 인간을 개조하라는 것이다. 아마 몬스터는 희귀하고 인간이 흔해서 재료 수급이 용이한 인간을 쓰는 게 아닌가 싶었다.

'포로나 노예에게는 너그럽지만 한편으로는 인간을 재료로 생체병기를 만드는 것도 아무렇지도 않게 행한다… 쓸모가 있는 자는 대접하고 그렇지 않은 자는 대접할 가치가 없다는 건가.'

이것이 카리스 나름대로 파악한 이 차원의 인간들의 사고방식이었다.

"그래, 부탁한 건 어떻게 되어가나?"

벤이 다가와 물었다.

벤, 이 남자는 인간을 생체병기로 만드는 프로젝트의 현지 책임자라고 들었다. 지금 카리스의 처지로서는 잘 보여야 했다.

"다 되었소."

예의 바른 카리스의 대답에 벤이 흐뭇하게 말했다.

"그래야지. 그래, 이제 드디어 내 꿈이 이루어지는 것 같군. 기계를 능가하는 생물병기라니. 생명공학만으로는 이루기 어려웠을 거야."

중얼거리던 벤은 싱긋 웃으며 카리스의 어깨에 손을 짚었다.

"나는 자네가 마음에 들어."

"내가? 어째서요?"

"윤리니 도덕이니 그런 쓸데없는 소리를 하지 않고 내 뜻대로 다 맞추어 주니까 말이야. 생체실험이라는 게 말이야. 그렇게 손쉬운 일은 아니야. 기껏 인재랍시고 데려온 녀석이 며칠 붙어 있다 양심에 찔리니 어쩌니 해서 도망치기도 했으니."

"도망쳤다? 그러니까 이런 일에 참여를 해놓고 도망쳤다는 말이오?"

"그런 바보가 있었지."

사람을 잡아다가 실험체로 쓰거나 개조하여 병기로 만드는 일이다.

이 행위는 최소한 자신들이 있는 대한민국이라는 나라의 법에 어긋나는 일인 것 같다.

그런데 거기에 참여했다 도망친 녀석이 있고, 그럼에도 이 제우스라는 조직이 무사하다면 어떻게 된 일인지는 굳이 설명할 필요가 없을 것 같았다.

"그 바보라는 자는 살아 있지 않겠군."

"아니, 살아 있네."

곧 벤은 스마트폰이라는 물건을 꺼내 카리스에게 사진 한 장을 보여주었다.

인간의 형체도 유지하지 못하고 있지만 그래도 숨은 붙어 있는 남자 한 명이 갇힌 모습이었다.

"이게 그 바보라는 자요?"

"그래, 실험체도 나름대로 귀중한데 그냥 죽이면 아깝잖은가. 유용하게 쓰고 있네. 지금까지 살아 있으니 운이 좋다고 해야 할지 나쁘다고 해야 할지."

아마 실험체가 되어버린 사람 입장에서는 매우 운이 나쁘다고 해야 할 것이다.

이렇게 비참하게 살아 있고 원래대로 돌아갈 가능성도 없다면 차라리 단숨에 죽는 게 나을 테니까.

카리스의 생각에도 이 바보라 불리는 남자의 운명은 비참했다. 물론 동정심 같은 것은 전혀 들지 않았다.

"배신자에 대한 처벌은 가혹할수록 바람직하지."

이런 카리스의 반응이 벤은 상당히 마음에 드는 모양이었다.

"그래, 역시 자네는 뭘 좀 안다니까."

"고맙소."

"일단 지금까지 완성된 부분이라도 보여줄 수 있겠나?"

"알겠소."

카리스와 벤은 자리를 옮겼다.

그들이 향한 곳은 북한 지역에서 잡아온 인간들이 갇혀 있는 철창이었다.

철창 안의 사람들은 모두들 쇠사슬을 차고 있었다.

그 광경을 본 카리스는 처음 이 지구에 왔을 때 실험을 위해 인간을 잡아 가두었을 때와 비슷하다고 생각했다.

"으으으……."

카리스와 벤을 본 철창 안의 사람들은 괴롭게 신음하며 몸을 웅크렸다.

이미 살려달라거나 여기서 내보내달라는 요청 같은 것은 절대로 통하지 않는 상대라는 것을 알고 있는 탓인지 그렇게 말하는 사람은 한 명도 없었다.

사람들은 모두 사슬을 차고 있었지만 외모는 모두 제각각이었다.

말 그대로 보통 사람의 외모를 한 자들. 근육이 이상하게 부풀어 오르거나 신체 한 부분이 존재하지 않거나 하는 식으로 나뉘는 것이었다.

모두들 처음 여기에 왔을 때는 사지육신이 멀쩡했던 사람들이다.

저렇게 변화나 이상이 생겼다는 것은 이미 생체실험을 거쳤다는 것을 의미했다.

"저것들은 운이 좋았지."

벤이 한마디 했다. 생체실험을 거치고도 살아남았으니 운이 좋다는 것이다.

생체실험을 버티지 못하고 한 번에 죽는 사람들도 여럿 있다는 것을 감안하면 운이 좋다고 할 수 있을 것이다.

물론 당하는 사람들 입장이 아니라 실험을 하는 입장에서.

철창 안을 바라보는 벤의 눈이 번뜩였다.

철창 안의 사람들 모두가 그런 벤의 눈빛을 피하려 몸을 수그리거나 시선을 피했다.

"어떤 걸 꺼내 볼까?"

벤의 질문을 받은 카리스가 철창 안을 살폈다.

도살장에서 잡을 가축을 선택하듯 사람들을 관찰하던 카리스가 손가락으로 가리켰다.

"저게 좋겠군."

손가락 끝이 향한 곳에는 얼굴이 일그러지고 몸 근육 곳곳이 부풀어 오른 남자가 있었다.

자신이 지명을 받았다는 사실을 깨달은 남자가 사정하기 시작했다.

"사, 살려줘!"

카리스는 아무런 반응을 보이지 않았다. 벤은 냉소를 지으며 말했다.

"저 녀석을 끌어내라."

곧 몇 명의 덩치 큰 남자가 철창 문을 열고 들어가 지명을 받은 사람을 끌어냈다.

몸이 포박된 채 목에 사슬까지 채우고 끌어내는 게 정말 도살장의 짐승을 끌어내는 듯했다.

그렇게 지명 받은 남자와 함께 벤과 카리스는 또다시 자리를 옮겼다.

지하2층에 마련된 마법 실험실이었다.

"언제 봐도 황량한 곳이군."

벤이 중얼거렸다.

그의 말대로 마법 실험실은 실험실이라고 부르기에는 많이 황량한 곳이었다.

무엇보다 그 흔한 실험도구나 컴퓨터 하나 보이지 않았다. 보이는 것이라고는 널찍한 바닥에 고정된 튼튼한 쇠사슬들뿐이었다.

"실험체를 묶으시오."

카리스의 말에 남자들이 끌고 온 사람을 바닥에 묶기 시작했다.

"살려줘요! 이거 놔!"

외쳐도 남자들은 개의치 않고 사람을 바닥에 묶어 고정시켰다.

고정이 끝나자 남자들은 재빨리 주변에서 물러났다.

"그럼……."

곧 카리스는 바닥에 손을 짚은 채 주문을 외기 시작했다.

주문이 진행되자 바닥에 기하학적인 문양이 거대하게 떠올랐다.

"몇 번을 봤지만 저 마법이라는 것은 놀랍군."

벤이 중얼거렸다.

다른 남자들도 신기하게 바라보는 것은 마찬가지였다.

마술처럼 트릭이 아닌, 정말 마법이라는 새로운 힘이 눈앞에 펼쳐지고 있었다.

잠시 후, 카리스가 마법진이라고 부른 기하학적인 문양이 눈부시게 빛나기 시작했다.

동시에 묶여 있던 사람이 눈을 부릅떴다.

"크아악!"

사람이 내지르는 비명이라기보다는 짐승의 울부짖음 같은 절규가 터져 나왔다.

묶여 있던 사람은 비명을 지르며 몸부림을 쳤는데, 곰도 묶어놓을 수 있는 튼튼한 사실이 끊어질 듯 철컥거렸다.

"괜찮은 건가?"

"모두 대비해."

지켜보던 자들 중 두 명이 총을 꺼내들었다.

권총 따위가 아니라 곰이나 코끼리도 1, 2초 안에 제압할 수 있는 자동화기였다.

최악의 경우 사슬이 끊어지거나 하면 즉각 묶인 사람을 사살하려는 것이었다.

다행이라 해야 할지 그런 사태는 벌어지지 않았다.

카리스의 눈빛이 번쩍이는가 싶더니 그의 손끝에서 튀어나간 검은빛이 묶인 사람의 한쪽 눈에 꽂혔다.

"끄아아악!"

안구를 파고 들어간 빛은 이내 뇌 속까지 헤집어 놓았다.

아무리 곰도 묶을 수 있는 사슬을 끊어놓을 듯 괴력을 발휘하던 사람이라도 뇌가 헤집어진 상태에서는 생명활동을 지속할 수가 없었다.

툭.

곧 묶인 사람의 팔다리가 부들거리며 몸이 허물어졌다. 그렇게 쓰러진 사람을 내려 보던 카리스가 다시 주문을 외기 시작했다.

"……."

주문이 진행되자 시체가 되어 일그러진 채 굳어 있던 사람의 한쪽 남은 눈동자가 천천히 구르기 시작했다.

그러나 눈동자가 구르기만 할 뿐, 시선에 생기라고는 조금도 없었다.

뿐만 아니라 뇌의 신호가 끊어져 단순히 신경의 활동으로 바들거리던 팔다리도 천천히 제대로 된 움직임을 보이는 것이었다.

의심의 여지없이 죽었음에 분명한 사람이 다시 일어나는 광경.

"……!"

카리스를 제외한 모두가 숨도 제대로 쉬지 못한 채 그 광경을 지켜보았다.

시체는 천천히 몸을 일으키기 시작했다.

여전히 사슬에 묶여 있어 움직임이 많이 불편해 보였지만 시체가 일어나는 그 자체가 충격적인 광경임에는 분명했다.

총을 들이댄 남자들이 자기들끼리 지껄여댔다.

"죽은 놈이 저렇게 되살아나다니……."

"넌 처음 보냐? 나는 전에도 한 번 본 적 있다."

"저렇게 죽은 놈이 살아나서 뭐가 어떻게 되는데? 완전히 되살아나는 거야?"

"전에는 안 그랬어. 사실 저만큼 일어나지도 못했다고. 이번에는 어찌될지 모르지."

막 둘의 대화가 여기까지 왔을 때, 시체에 변화가 생겼다.

갑자기 마취라도 된 듯 몸이 뻣뻣하게 굳더니 이내 천천히 무너지기 시작했다.

"……."

한 마디 말, 한 마디 신음 소리도 없이 되살아났던 시체는 다시 쓰러졌다.

뿐만 아니라 뼈와 살이 분리되어 흩어지더니 뼈마저 조각이 되어 흩어졌다.

말 그대로 뼈도 못 추리는 시체가 되어버린 것이다. 다시 일어나는 것은 당연히 불가능해 보였다.

그런 시체를 바라보던 카리스는 가볍게 고개를 내저으며 중얼거렸다.

"역시 실패로군."

그러고는 벤 쪽으로 시선을 돌리며 말했다.

"아직 완성되지가 않았소."

벤은 이런 결과를 예측한 듯 조금도 놀라거나 화가 난 것 같지 않았다.

"그런 것 같군. 역시 연구가 조금 더 필요한 건가?"

"그렇소. 좀비라는 것은 죽은 시체를 강령술로 다시 되살아나게 만든 것. 살아 있을 때나 시체가 된 뒤나 상태가 온전할수록 좀비가 될 성공확률이 높아지오."

"그 온전하다는 말은 역시 생체실험으로 개조되지 않은 것도 포함인가?"

"물론이오. 그 생체실험이라는 것으로 개조된 자들은 죽거나 불구가 되지 않았다고 해도 이미 온전한 인간은 아니니까. 그런 자들에게 강령술을 성공적으로 실행하려면 더 연구가 필요하오. 시행착오도 거쳐야 할 것이고."

"그런가. 하지만 듣기로 너는 그 림진재라는 녀석에게 있을 때는 좀비라는 것을 제대로 만들었다고 하던데?"

"그때와는 사정이 많이 다르오. 림진재는 오로지 약물만으로 정신을 조작하고 신체를 강화시켜 그 야수라는 존재를 만들어 냈소. 하지만 지금 실패한 이 인간은 말하자면 상태가 훨씬 심각하지."

"과연, 많이 개조를 했으니 거기서 새로 뭘 하기는 훨씬 더 어렵다. 이런 말인가."

벤은 시체와 카리스를 번갈아보다 말했다.

"하지만 많이 발전했군."

그가 말하는 발전이란 좀비의 상태가 나아졌다는 뜻이었다.

벤이 예전에 본 좀비는 이렇게 스스로 일어나지도 못했다.

그저 팔다리를 푸들거리며 몸을 일으키려다 반도 일어나지 못한 채 제풀에 쓰러져 그대로 흩어져 버렸다.

그때와 비교하면 정말 장족의 발전이라 할 만했다.

카리스가 고개를 끄덕이며 말했다.

"그렇소. 나도 놀면서 시간을 보낼 생각은 없습니다."

"그래야지. 성실하고, 성실한 만큼 성과도 있고. 역시 나는 자네가 마음에 든다니까."

벤은 카리스의 팔을 툭 쳤다. 시비를 거는 게 아니라 친근함을 표하는 제스처였다.

다른 차원의 인간인 카리스도 그 정도는 알아볼 수 있었다.

카리스는 고맙다는 듯 고개를 끄덕이면서도 속으로는 차가운 냉소를 흘렸다.

그렇게 카리스와 벤은 흩어진 좀비의 파편을 바라보았다.

이제 지금껏 그 누구도 본 적이 없는 막강한 생체병기의 출연도 머지않았다.

* * *

국정원에서는 니콜라이를 합법적, 불법적 수단 가리지 않고 조사하기로 결론 내렸다.

그러나 니콜라이를 조사하는 것은 그렇게 쉬운 일이 아니었다.

이름처럼 니콜라이는 러시아 출신이었다.

스페츠나츠에서 복무한 적 있으며 그것도 여러 차례 실전을 겪은 상당히 뛰어난 군인이었다.

산전수전 다 겪은 데다가 실력까지 겸비한 인물을 어설프게 다루면 이쪽이 당할 수도 있다.

때문에 니콜라이에 대한 조사는 최대한 은밀한 방법으로 진행되었다.

"이렇게까지 해야 하는 건가?"

오토바이 헬멧을 쓴 유석이 옆에 있던 은아에게 물었다.

"다른 방법이 없으니까."

은아의 대답은 유석에게 잘 전달되었다.

얼굴을 완전히 가리는 헬멧이었지만 특별히 가공하여 옆에서 속삭이는 소리도 잘 들리게 개조된 물건이었다.

"일을 은밀하게 처리해야 한다는 말은 들었지만… 이렇게까지 할 줄은 몰랐는데."

"말했잖아. 은밀함이 생명이라고. 이게 지금 우리가 할 수 있는 가장 은밀하고 확실한 방법이고."

"정말 다른 방법은 없고?"

"지금으로서는 이게 최선이야. 좀 무식하지만."

은아 역시 특수 가공 오토바이 헬멧을 쓰고 있었다.

두 사람은 니콜라이를 납치하라는 임무를 받고 대기 중이었다.

일반적으로는 납치를 은밀한 방법이라고 부를 수는 없다.

납치를 하면 사람이 사라지고, 당연히 흔적이 남는다.

납치 후 풀어주지 않거나 죽이면 실종사건이니 그것만으로도 충분히 시끄러워진다.

납치 후 풀어줘도 바보가 아닌 담에야 자신이 당한 일을 경찰에 신고하거나 회사 상부에 보고할 테니 역시나 시끄러워진다.

그러나 마법이라는 것의 도움을 받을 수 있게 되면서 이 대부분의 문제점을 해결할 수 있게 되었다.

듣기로 마법을 이용하면 누군가의 기억을 지울 수도 있다고 했다.

'그렇다면 방법이 있겠군. 일단 니콜라이라는 자를 납치를 한 뒤 정보를 알아내고는 기억을 지워 버리면 되겠다.'

마법의 힘을 알게 된 수만이 이런 의견을 냈다.

단기간에 더 좋은 방법을 생각하는 것은 어려운 일일 것 같았기에 결국 수만의 안건이 채택되었다.

"나는 국정원이라는 곳이 좀 더 샤프하게 일을 하는 곳인 줄 알았는데."

뜻하지 않게 납치범 역할을 맡게 된 유석이 중얼거렸다.

옆에서 은아는 할 말이 없는지 머리를 긁적이려다 헬멧 탓에 머리도 긁지 못한 채 말했다.

"원래 정보기관이 조금 더러운 일을 해야 할 때도 있는 법이라서."

"조금 더러운 일이라."

"하는 수 없잖아? 지금 이거 말고는 다른 방법이 없으니."

"딱히 불만을 가진 것은 아니야."

"그런 게 아니면 그런 말을 하지 말라고."

이렇게 잡담을 나누면서 유석과 은아는 승합차 안에서 목표가 나타나기를 기다렸다.

그러다 유석은 문득 승합차 조수석으로 시선을 돌렸다. 그곳에는 케네스가 앉아 있었다.

유석의 시선을 느낀 듯 케네스가 조용히 물었다.

"왜 그러시오?"

"정말 믿어도 되겠나?"

유석의 질문에 케네스는 미동도 하지 않으며 대답했다.

"당신 이야기는 들었소. 레넌 제국에 아주 큰 원한을 가지고 있다더군. 그리고 그것은 나도 마찬가지요."

"……."

"나를 믿어주기를 바라오."

"널 믿지 않는다는 게 아니야."

유석도 어린아이는 아니었다.

지금 같은 상황에서 케네스를 무조건 배척할 수는 없다는 것은 이해하고 있었다.

그러나 머리로 이해를 하는 것과 가슴으로 느끼는 것은 같지 않았다.

케네스와 같이 움직이는 것에 직접적으로 반대하거나 불만을 표하지는 않는다고 해도 케네스를 바라보는 눈길이 사나운 것까지는 어떻게 할 수가 없었다.

지금 유석은 헬멧을 쓰고 있는데도 불구하고 케네스를 바라보는 게 심상치가 않다고 주변 사람들이 느낄 정도였다.

그런 유석에게 은아가 한마디 했다.

"너 케네스 저 사람 째려보고 있는 거 아냐?"

"글쎄."

"내기를 해도 좋아. 아마 째려보고 있을 거야. 그것도 상당히 무섭게 말이야."

"그럴지도."

문득 은아의 말이 멎었다. 잠시 후, 은아의 목소리가 낮아졌다.

"너 뭐 레넌 제국 사람을 다 죽여 버리겠다. 그렇게 생각하는 거야?"

대답은 즉시 돌아왔다.

"그 정도로 미친놈은 아니야."

"그러면?"

"하지만 책임을 물을 수 있는 자에게는 반드시 물어야지.

그것이 어떤 형태가 되었든 간에."

"죽인다고?"

"그것이 가능한 상황이라면, 맞아. 그렇게라도 해야 하지 않겠어."

"……."

은아는 마음이 조금 복잡했다.

유석이 대책이 없는 미친 녀석은 아니라는 것을 확인한 셈이었지만, 그럼에도 불구하고 위험요소가 남아 있다는 것을 확인한 것 같기도 했다.

귀머거리가 아니라면 지금 대화를 케네스도 들었을 것이다.

은아는 시선을 돌려 케네스를 살폈다.

케네스는 별다른 표정이나 눈빛의 변화가 없었다.

자신이 소속되었던 레넌 제국을 박살 내겠다는 이야기를 들었는데도 불구하고 말이다.

물론 케네스에게도 나름대로 사정이 있다는 것은 은아도 알고 있었다.

그러나 저렇게 속을 알 수 없는 모습이 지켜보는 입장에서 그렇게 편한 것은 아니었다.

'참 이쪽이든 저쪽이든 골치가 아프구만…….'

은아가 속으로 중얼거렸다.

그때 유석이 나지막이 말했다.

"온 것 같다."

"니콜라이가?"

끄덕.

유석과 은아, 승합차 운전자와 케네스까지 시선이 한곳으로 쏠렸다.

정말 니콜라이가 천천히 이쪽으로 걸어오는 게 보였다.

그 광경을 지켜보며 유석은 현재 상황을 다시 새겨 보았다.

지금 자신들은 인적 드문 길에서 매복 중이다.

재빨리 나타난 니콜라이를 기절시킨 뒤 납치해 사라지는 일이다.

일이 잘되려고 그랬는지 마침 주변에는 아무도 없었다.

애초에 이 시각에 사람이 거의 없는 것을 알고 매복해 있기도 했지만 말이다.

유석은 은아에게 말했다.

"가지."

"그래."

살며시 승합차 문을 열고 두 사람이 내렸다.

다시 한 번 주변에 사람이 없다는 것을 확인한 유석은 조용히 니콜라이의 앞쪽으로 돌아갔다.

한편 은아는 뒤쪽으로 돌아갔다.

"……."

말없이 홀로 걷던 니콜라이의 발걸음이 멈췄다.

유석과 은아가 앞뒤에서 천천히 니콜라이를 포위했을 시점이었다.

"……!"

무언가를 느낀 표정을 짓는가 싶더니 니콜라이가 품에서 권총을 꺼냈다.

소음기가 첨부된 소형 자동권총이었다.

반드시 생포를 해야 하는 상황이라 유석도 은아도 총을 가지고 나오지는 않았다.

그런데 니콜라이는 총을 들이댄 것이다.

그나마 이런 상황을 대비해 가벼운 방탄복을 입은 게 다행이었다.

그러나 유석은 입고 있는 방탄복을 믿기보다 총에 맞지 않는 게 최선이라 여겼다.

마침 유석의 발밑에 주먹만 한 돌멩이가 있었다. 유석은 그것을 걷어찼다.

타악!

돌멩이는 프로 축구선수의 슈팅처럼 빠르고 정확히 날아가 니콜라이를 맞췄다.

"윽!"

신음과 함께 니콜라이의 몸이 비틀거렸다.

그러나 그 와중에도 총을 놓지 않고 오히려 유석에게 발포했다.

타앙!

거센 바람 소리와 함께 몇 발의 권총탄이 날아왔다.

방탄조끼를 입었지만 총탄이 조끼 이외의 곳에 맞을 수도 있는 고로 총탄을 몸으로 받는 것은 결코 현명한 일이 아니었다.

일단 유석은 몸을 피했다. 그 틈을 타 니콜라이는 몸을 돌려 뒤로 향했다.

그때 은아는 니콜라이의 코앞까지 도달한 뒤였다.

은아 또한 눈과 귀가 있기에 니콜라이가 권총을 들고 있다는 것을 인지하고 있었다.

타앙!

이번에는 니콜라이의 사격이 은아를 향했다.

몇 cm 근처에서 총탄이 스쳐 날아가는 아찔한 장면도 나왔지만 아무튼 은아도 피할 수 있었다.

애초에 니콜라이의 목적은 은아나 유석을 사살하는 게 아니었다.

그렇게 둘을 비켜서게 한 니콜라이는 그대로 달아나기 시작했다.

달아나는 니콜라이의 속도는 전직이 단거리 육상선수라고 해도 믿을 만큼 빨랐다.

여느 사람이라면 붙잡지 못했을 것이다.

그러나 니콜라이에게는 불행히도 이쪽에는 올림픽에 나가면 금메달은 따 놓은 당상일 초인이 있었다.

'음?'

도망치던 니콜라이는 뭔가가 자신을 쫓아오는 느낌에 슬쩍 뒤를 돌아보았다.

"……!"

유석이 엄청난 속도로 자신을 쫓아오는 게 보였다.

"젠장!"

놀란 니콜라이가 총을 쥔 손을 뻗었다.

급한 와중에도 총구의 방향은 정확히 유석 쪽을 향했다.

휘익!

동시에 유석도 들고 있던 돌멩이를 던졌다. 쏜살같이 날아간 돌멩이가 정확히 권총을 맞췄다.

"크윽!"

니콜라이 손에 단단히 쥐어져 있던 권총이 바닥에 떨어졌다.

니콜라이는 총이고 뭐고 내팽개치고 도망치는 대신 떨어진 총을 다시 줍는 쪽을 택했다.

달려오는 유석의 엄청난 속도를 보건대 어차피 도망치는 것은 힘들다는 판단에서였다.

급한 상황에서 나온 것치고는 꽤나 예리한 판단이었다.

문제는 니콜라이가 권총을 집는 것보다도 유석이 더 빨랐다는 것이다.

"어딜!"

일단 유석은 권총을 걷어 차 멀리 떨어뜨려 놓았다.

그러고는 볼펜 같은 것을 꺼내 놀란 표정의 니콜라이에게 찔렀다.

"…읍!"

풀썩.

신음 소리도 내지 못하고 니콜라이의 몸이 무너져 내렸다.

유석이 꺼낸 볼펜은 실은 마취제였다.

"후우……."

유석이 잘하듯 주먹으로 때려서 기절시켰다가 큰 상처가 나면 문제가 생길 수 있기에 마취제를 동원한 것이었다.

그렇게 니콜라이를 기절시킨 유석은 재빨리 니콜라이가 떨어뜨린 권총을 챙기고는 니콜라이를 들쳐멘 뒤 승합차로 향했다.

그때 은아가 달려오는 게 보였다.

"헉, 헉! 다 끝난 거야?"

숨을 몰아쉬며 은아가 물었다.

유석은 고개를 끄덕이고는 다시 걷기 시작했다.

은아는 혹여 유석이 다치진 않았나 확인하며 물었다.

"총 안 맞았어?"

끄덕.

"총은 챙겼고?"

끄덕.

"그럼 빨리 가자."

둘 다 총탄이 날아오는 가운데 있었지만 시간을 다투는 임무 중이라 서로 안부를 제대로 물어볼 시간도 없었다.

다행히도 아무에게도 들키지 않고 유석은 니콜라이를 승합차에 집어넣을 수 있었다.

타악!

승합차 문이 닫히고, 니콜라이는 좌석에 눕혀졌다.

"이제 이놈에게서 정보를 빼내면 되겠군."

중얼거리며 유석이 케네스를 바라보았다. 이제는 케네스가 나설 차례다.

"시작하겠소."

파아앗!

말과 함께 케네스가 니콜라이의 이마에 손을 댔다.

승합차 안에 기묘한 푸른빛이 감도는가 싶더니 곧 니콜라이의 감겨 있던 눈이 부릅떠졌다.

"……."

모두들 침묵한 채 그 광경을 살폈다.

유석은 마취제가 든 펜을 꺼내 혹시 니콜라이가 난동이라도 피우면 다시 마취시킬 준비를 마쳤다.

그리고 잠시 후,

"*&##*#·()"

니콜라이가 도저히 알아들을 수 없는 말을 내뱉기 시작했다.

아니, 말이라고 표현하기도 어려웠다.

차라리 사람의 성대에서 나오는 잡음이라고 하는 게 더 정확할 지경이었다.

또 잠시 후, 알 수 없는 잡음이 점점 사그라들었다.

그리고 니콜라이가 이번에는 정말 말을 하기 시작했다.

"&#(#$%%)*"

이번의 말도 유석의 귀에는 전혀 알아들을 수 없는 게 조금 전과 크게 다를 바 없었다.

하지만 은아는 알아들은 듯 수첩을 꺼내 정신없이 필기하기 시작했다.

"*&&()*#·"

"아, 정말 말 빠르네."

알아들을 수 없는 말을 하는 니콜라이.

투덜거리며 그것을 옮겨 적는 은아.

한참 뒤에야 니콜라이의 말이 멎었다.

거의 수첩 하나 분량을 필사한 은아는 아픈 팔을 주무르며 중얼거렸다.

"후우, 팔 빠지는 줄 알았어."

유석이 그런 은아에게 물었다.

"이놈이 뭐라 말한 건지 알아들은 거야?"

"응. 내가 대학 때 러시아어 전공이었거든."

"러시아어?"

즉, 지금 니콜라이가 오랫동안 내뱉은 말은 러시아어였다.

영어는 몰라도 러시아어는 완전 문외한인 유석의 귀에 니콜라이의 말이 잡음처럼 들린 것도 당연했다.

"의외로 인텔리였네."

조금 감탄한 듯 유석이 중얼거렸다. 그 말에 은아가 눈을 치켜떴다.

"그럼 너는 내가 무식한 여자인 줄 알았어?"

"부정하지는 않겠어."

"이게… 무식은 너 같은 녀석이 무식한 거고. 내가 이래 봬도 석사 학위도 딸 뻔한 사람이야."

"학위를 딴 게 아니라 딸 뻔했다는 말이지."

"뭐 큰 차이 나냐?"

상당히 차이가 난다고 유석은 말하고 싶었다.

하지만 지금은 잡담을 이어나갈 때는 아니었다.

"이 녀석 치워야지."

물론 이 녀석은 니콜라이를 말했다.

은아도 말했다.

"그래, 다치지 않게 정중히 모셔야지."

모신다는 표현은 비꼬는 게 아니었다.

최대한 다치지 않게 성하게 모셔 보내드려야 지금 한 일이 들키지 않는 것이다.

비록 니콜라이 본인이 지금 일을 기억하지 못한다고 해도 몸 어딘가에 기억에 없는 상처 같은 것이 남으면 그것이 문제가 될 수도 있다.

때문에 니콜라이는 최대한 정중하게 모시며 내보내야 했다.

유석은 결코 힘이 부족한 게 아니라 어디까지 성하게 모셔가야 한다는 이유 하나로 은아와 함께 니콜라이를 차에서 내렸다.

"주변에 사람 없지?"

질문을 받은 유석이 주변을 둘러보았다.

비록 헬멧을 쓰고 있어 인지능력의 저하는 피할 수 없겠으나 그럼에도 불구하고 유석의 인지능력은 보통 사람을 훨씬 뛰어넘는 수준이었다.

"그래."

주변을 둘러본 유석이 말했다.

유석뿐만 아니라 차 안에서도 다시 한 번 주변에 사람이 없나 살폈다.

그런 과정을 거친 뒤에야 니콜라이의 운반이 시작되었다.

유석과 은아는 니콜라이를 인적 없는 길가에 내려놓았다.

그런 두 사람 곁에 한 남자가 다가왔다.

케네스였다.

운반이 끝났으니 이제 케네스가 마무리를 지을 차례였다.

"……."

모기소리만큼 작게 주문을 외던 케네스가 가볍게 손짓을 했다.

얼마 후, 의식을 잃고 쓰러져 있던 니콜라이가 천천히 몸을 일으키기 시작했다.

"으음……."

신음과 함께 일어난 니콜라이는 고개를 갸웃거리다 아무것도 눈치채지 못한 표정으로 걸어가기 시작했다.

그렇게 사라져 가는 니콜라이를 바라보며 케네스가 말했다.

"잘되었소."

유석이 물었다.

"저러면 이제 아무것도 기억을 하지 못하는 건가?"

"그렇소. 자신이 왜 저 길가에 있었는지조차 기억하지 못할 것이오. 아니, 생각조차 하지 않을 것이오. 가볍게 술에 취한 것처럼 그저 어쩌다 저렇게 되었다 생각하고 별 생각 없이 자기의 길로 가겠지."

확실히 지금 니콜라이의 모습은 케네스의 설명 그대로였다.

저대로라면 이후로도 특별히 부작용 같은 게 있을 것 같지는 않았다.

"이제 다 끝난 건가?"

유석의 중얼거림에 은아가 대답했다.

"지금은. 이제 저 녀석이 한 말을 분석해야지."

말과 함께 은아는 자신이 적은 수첩을 흔들어 보였다.

니콜리스가 내뱉은 러시아어를 적은 수첩.

유석은 별로 힘을 쓸 곳이 없다.

은아를 비롯한 러시아어 능력자들이 해야 할 일이다.

38장

적진으로 가다

니콜라이가 떠든 정보들을 해독하는 것도 보통 일이 아니었다.

니콜라이가 자신이 아는 것을 모두 떠들기는 했지만, 그것이 기승전결을 제대로 갖추거나 두서 있는 이야기가 아니라 말 그대로 생각나는 대로 떠든 이야기였기 때문이다.

그래서 러시아어로 된 말을 해석하고, 또 그 말을 이해가 되게 해석하는 작업이 필요했다.

일이 일이다 보니 국정원에서 러시아어에 능숙한 요원 여럿이 이 일을 위해 달라붙었다.

이윽고 해석과 해독 작업은 하루 만에 끝났다.

—제우스에서는 자신들이 복구사업을 맡고 있는 지역의 범죄자들과 손을 잡고 인신매매를 하고 있다.

—그 인신매매로 사람들을 붙잡은 뒤 각종 생체실험을 자행하고 있다.

—생체실험 장소는 대강은 알고 있지만 자세한 사항과 그곳에서 무슨 일이 벌어지는지는 니콜라이도 모른다.

니콜라이가 떠든 것들을 분석한 결과 이런 이야기들이 나왔다.

당연히 사람으로서 분개할 만한 내용들이었다.

"생체실험? 개새끼들!"

비슷한 짓을 당한 바 있는 유석의 분노가 특히 컸다.

이놈들을 체포하거나 박살 내라는 명령이 떨어지면 기꺼이 출동할 기세였다.

물론 그게 막무가내로 할 일이 아니라는 것은 이제 유석도 잘 알고 있었다.

"근데 이 정도 가지고 제우스를 박살 내는 것은 무리겠지요?"

유석의 앞에 앉아 있던 수만이 고개를 끄덕였다.

"이젠 자네도 꽤 익숙해졌군."

"조금 경험이 쌓였으니까요."

"그래, 자네 말 대로다. 우리가 한 일은 니콜라이를 납치한 뒤 마법으로 아는 것을 불게 하고 풀어준 것. 덕분에 정보는 얻었지만, 이 역시 법적 증거로 쓸 수는 없다."

"빌어먹을 법 같으니라고."

법치사회를 부정하는 듯한 유석의 중얼거림이었지만 수만은 넘어가 주었다.

솔직히 자신도 이 생활을 하면서 법 때문에 방해를 받은 게 한두 번이 아니니 말이다.

물론 법은 존중을 해야 하는 것이지만 대놓고 그 법질서를 깨겠다는 것도 아니고 그저 이렇게 불만을 토로하는 정도는 용납할 만한 일이라고 생각했다.

"아무튼 이것은 법적 증거가 되지 못하지. 이제 법적 증거를 찾아내야 하고."

"그 법적 증거를 찾아내는 방법이란 역시 잠입 후 박살 내기, 뭐 이런 겁니까?"

"이제는 자네도 국정원 요원이 다 되었구만."

"어떻게 하면 됩니까?"

"일단 인원들부터 모으지. 자네 혼자서 할 일은 아니니까."

곧 수만은 몇 명의 인원을 모았다.

은아를 비롯하여 림진재 체포 때부터 싸워온 국정원의 최정예 요원들이었다.

물론 수만 역시 직접 참여하기로 했다.

작전에 참여할 전원이 모였다.

곧 수만이 직접 브리핑을 시작했다.

"니콜라이가 지목한 '생체실험' 이 벌어지는 곳이다."

프로젝터가 회의실 스크린에 거대한 지도를 비췄다. 수만은 레이저 포인터로 한 지역을 가리켰다.

레이저가 가리키는 곳은 산간 지역이었다.

인근에 그럭저럭 규모가 있는 마을이 보였다.

"저기는 어떤 곳입니까?"

유석의 물음에 수만이 대답했다.

"폐광이다."

"폐광?"

"그렇다. 폐광 및 관리실이었던 지역에 실험실을 꾸미고 온갖 비윤리적인 생체실험을 자행하고 있다고 한다. 다만 평범한 폐광은 아니었다고 한다. 자세한 것은 조금 뒤에 설명하지."

한 요원이 질문했다.

"대체 저런 곳에서 무슨 생체실험을 하는 겁니까? 검증되지 않은 신약이라도 시험하나요?"

"그런 것 같지는 않다. 군사적인 목적에 관련된 실험인 것 같다."

"731부대 같은 짓을 하고 있다는 말이군요."

"어쩌면. 혹은 731부대와도 다른 무슨 짓을 하고 있을지도 모르지."

"……."

"니콜라이라는 자도 자세한 것은 알지 못했다. 다만 이 장소에서 사람들을 납치하여 무슨 짓을 하고 있다는 것과, 그것이 군사적인 목적의 생체실험 같은 것이라는 것만 알고 있을 뿐이었지. 정보가 명확하지 않은 것은 아쉬운 일이지만 하는 수 없는 일이다. 그 이상을 찾아내는 것은 우리들의 일이지."

이번에는 은아가 물었다.

"이 생체실험과 카리스가 관련되어 있을까요?"

따지고 보면 유석이 가장 묻고 싶어 하는 질문이겠지만 이번에는 은아가 먼저 한 것이다.

수만은 고개를 끄덕였다.

"이미 카리스와 제우스가 손을 잡았을 확률은 매우 높은 것으로 보인다. 그렇다면 이 일에 카리스가 관련되었을 확률이 적다고는 볼 수 없겠지."

이번에는 유석이 말할 차례였다.

"그러면 이 지역에 가면 카리스를 체포할 수 있겠습니까?"

"놈이 있다면 반드시 그래야지. 현장에서 카리스를 발견하거나, 아니면 제우스의 범죄를 입증할 명백한 증거가 있거나. 둘 중 하나만 해도 성과는 있는 셈이다. 물론 가장 좋은 것은 둘 다 해내는 것이지."

"둘 다 해낸다……."

물론 솔직히 말하자면 유석으로서는 카리스를 체포하거나 박살 내는 것을 더 하고 싶었다.

하지만 자신의 아픈 기억을 건드리는 생체실험 같은 짓을 자행하는 악당들을 박살 내는 것 또한 마다할 이유는 없었다.

정말 수만의 말대로 가장 좋은 것은 둘 다 해내는 것이다.

카리스를 잡는 것과 제우스의 악행을 밝혀내어 박살 내는 것.

"작전은 이틀 뒤다. 모두들 준비하도록."

"알겠습니다."

이렇게 국정원과 제우스의 본격적인 전쟁이 시작하려 하고 있었다.

*　　*　　*

제우스의 생체실험장이 있다는 폐광은 다른 폐광과 차별

되는 특징이 있었다.

바로 핵폐기물 처리장으로 쓰기도 한 곳이었다.

사실 '처리장' 이라고 부르기도 민망한 곳이었다.

과거 남북분단 시절 북한에서 핵실험 등으로 나온 각종 핵폐기물 중 일부를 방치 수준으로 내다버린 곳이었던 것이다.

그 핵폐기물 자체는 한국 정부에서 수거하여 안전한 곳에 집어넣었다.

물론 그 안전하다는 곳이 림진재 일당에게 공격당해 물건 일부를 강탈당했던 전력이 있기는 하지만. 아무튼 길거리에 내버려 두지는 않았다.

하지만 핵폐기물의 특성상 그 폐기물이 한때나마 머물렀다는 것만으로도 충분히 위험한 지역이었다.

때문에 근처 마을에도 인구수는 적었고, 그 마을 주민들도 폐광 지역 근처에는 얼씬도 하지 않으려 했다.

제우스는 이 버려지다시피 한 지역을 복구하고 다시 사람들이 사는 지역으로 만들겠다는 명분으로 들어와 있었다.

상당히 위험하고, 또 이미 핵폐기물 자체는 다 수거된 이상 그다지 중요하거나 관심을 가질 만한 지역은 아니라 국가에서도 제우스에게 상당 부분 지역 운영을 맡기다시피 한 상황이었다.

즉, 제우스에서 여러모로 법적으로 금지된 비윤리적인 실험을 벌이기에는 최적의 장소라고 할 수 있었다.

심지어 제우스의 입김이 미친 지역 중에서는 이런 곳이 여러 군데 있었다.

그야말로 증거를 잡고 나면 제우스에 대한 전면적인 수색이 필요할 듯했다.

"이 지역 근처에는 경찰도, 군부대도 없다."

"그렇다면 치안은 누가 맡고 있습니까?"

"치안 역시 제우스 및 지역 주민들이 협력하여 자체적으로 처리하고 있다."

"그럼 사실상 제우스가 왕이라고 해도 과언이 아닌 곳이로군요."

"그렇다고 할 수 있겠지."

"이 지역 안에서는 제우스가 우리를 죽인 뒤 어디 파묻어 버리는 것도 쉬운 일이겠는데요?"

"부정할 수 없다는 게 슬프군. 아무튼 모두들 조심하도록."

이동하는 차 안에서 수만과 요원들의 대화를 들으며 유석은 무의식적으로 좌석 아래를 만지작거렸다.

지금 자신이 앉아 있는, 아니, 요원들이 앉아 있는 승합차 좌석 모두가 특별히 제작되어 있었다.

좌석 바닥이 열리는 구조로 되어 있고 그 속은 텅 비어 있는 수납공간이 마련되어 있었던 것이다.

수납공간 안에는 각종 무기와 탄약이 가득 차 있었다.

게다가 좌석에는 잠금장치도 마련되어 있어 평소에는 부수지 않는 한 안의 총기들이 절대로 들통 나지 않도록 신경 써서 만들었다.

국정원 요원들이 대한민국 영토 안에서 작전에 들어가는데 이렇게까지 하는 이유는 지금 가는 지역의 특수성에 있었다.

비록 대한민국 영토지만 실제로는 제우스가 지배하다시피 하는 곳.

그곳을 드나드는 사람 모두가 제우스의 감시를 받다시피 하는 곳이었다.

그런 곳에 국정원 요원들이 당당히 무기를 가지고 쳐들어가면 시작부터 일을 망칠 확률이 100%였다.

설마 대놓고 그 자리에서 국정원 요원들을 사살하거나 하지는 못할 것이다.

하지만 무기를 들고 쳐들어오는 국정원의 존재를 눈치채고 미리 생체실험의 증거를 날려 버리거나 할 가능성은 매우 높았다.

아니, 인간을 가지고 생체실험을 자행하는 대담함과 잔인함으로 보건대 그 이상의 짓을 할 가능성도 얼마든지 있었다.

어느 요원의 말 대로 제우스에서 국정원 요원을 죽인 뒤 어딘가에 파묻거나 시체마저 갈아버릴 수도 있는 것이다.

결국 잠입이 최선이었다.

국정원 요원들은 마을 상황을 점검하는 공무원으로 위장하고 있었다.

"정지."

한참 달리던 승합차가 누군가의 제지에 정지했다.

전방을 보니 유니폼을 입은 남자 두 명이 가로막고 선 게 보였다.

"무슨 일로 오셨습니까?"

두 명 중 한 명이 나서 물어왔다. 승합차에서는 수만이 나서 대답했다.

"공무 관련으로 들어가는 길입니다."

"공무요? 흠. 신분증 보여주시겠습니까?"

이럴 때를 대비한 가짜 신분증은 당연히 모두들 지참하고 있었다.

남자는 수만뿐만 아니라 전원의 신분증을 확인했다.

신분증을 관찰하며 반짝이는 남자의 눈을 본 유석이 생각했다.

이 남자는, 아니, 옆에 있는 녀석도 보통내기가 아니라고.

둘 다 그저 평범한 인상과 덩치에 유니폼을 입은 평범한 직장인처럼 보였다.

그러나 유석은 저들의 품속에 총이나 하다못해 삼단봉 같은 무기라도 가지고 있다는 데 이번 달 월급을 걸 수도 있었다.

그리고 그 무기를 다루는 실력은 물론, 그 무기를 이용해 사람을 잡는 것도 기꺼이 감수할 녀석들이다. 유석은 이렇게 확신했다.

"…확인되었습니다. 수고하십시오."

신분증 확인을 끝낸 남자들이 자리를 비켜주었다.

그렇게 첫 번째 관문을 통과한 승합차는 다시 달리기 시작했다.

"그것들 한가닥 하는 녀석들 같더군요."

남자에게서 멀어지자 유석이 자기 생각을 말했다.

다른 요원들도 생각이 비슷했다.

"그러게. 입구부터 저런 녀석들을 깔아두다니."

"그것들 제우스 직원 맞죠?"

"그래, 이곳은 뭐 치안도 사실상 제우스가 맡고 있다고 듣기는 했지만 이 정도일 줄은 몰랐는데."

"아무튼 빨리 어떻게 해봐야지요."

"조심해야 해. 이 근처에는 경찰도 군부대도 없어. 까딱하면 손도 못 쓰고 놈들에게 전멸 당할 수도 있어."

이 주변 지역은 말 그대로 모든 게 제우스를 중심으로 움직이는 곳이었다.

내부에서 무슨 일이 있더라도 외부의 도움을 기대하기는 어려웠다.

심지어 외부와 연락조차 쉽지 않았다.

주변 지역의 통신망까지 전부 제우스가 관할하고 있었기 때문이다.

멋모르고 외부와 통화 같은 것을 했다가는 그것이 제우스에게 포착되어 어떤 형태로 경을 칠지도 모르는 일이었다.

그야말로 창살만 없다 뿐이지 제우스가 관장하는 교도소라고 해도 무방한 곳.

유석과 다른 요원들이 들어온 것은 그런 곳이었다.

"일단 마을을 한 번 둘러보지."

수만이 결정하고 모두들 동의하면서 요원들을 태운 승합차는 마을을 한 번 둘러보았다.

엄밀히 말하자면 이 마을은 목적지가 아니다.

마을에서 차로 10분 거리쯤에 위치한 폐광이 목적지다.

그러나 근방에서 유일하게 사람이 사는 마을이라는 것만으로도 이렇게 차를 타고 한 번 직접 돌아볼 가치는 충분했다.

북한 대부분의 지역이 그렇듯 이 마을도 상당히 초라한 편이었다.

새마을운동이 벌어지기 이전 남한을 보는 기분이랄까.

초가집 혹은 온갖 폐기물을 재활용해 만든 움막 수준의 집들이 여럿 보였다.

그나마 다행이라 할 만한 것은 오가는 사람들은 최소한 굶어죽기 직전이거나 심각한 영양실조 상태로는 보이지 않는다는 점이었다.

"제우스가 사람은 굶겨 죽이지는 않나 보죠?"

"문제는 사람을 잡아다 뭔 짓을 할지도 모른다는 것 아니겠어."

"어떻게 하실 겁니까? 마을 안으로 한 번 들어가 볼까요?"

운전대를 잡은 요원의 질문에 수만이 대답했다.

"음. 한 번 지리를 알아보는 게 좋을 테니까. 만날 사람도 있고."

곧 승합차는 마을 안을 가로질렀다.

길이 정비되어 있지 않아 차가 심하게 덜커덩거렸다.

마을 안을 대충 살핀 승합차는 한 벽돌집에 멈춰 섰다.

초가집 판잣집 등이 널린 이 마을에서 벽돌집은 벽돌로 만들어 졌다는 것만으로도 고급 집이라 불릴 자격이 있었다.

사실 굳이 기준을 이 마을로 잡지 않더라도 꽤나 번듯하게 지어진 건물이었다.

주변 초가집 판잣집과 비교하면 상당히 이질적일 정도였다.

요원들이 건물 안으로 들어가자 한 남자가 맞이했다.

30대 정도로 보이는 장년 남자였다.

"어서 오십시오."

아무래도 건물 안에 사람이라고는 이 남자 혼자뿐인 모양이었다.

남자는 사람 좋은 미소를 짓고 있었지만 문이 닫힌 순간 표정이 진지해졌다.

"그래, 기다리고 있었습니다."

남자의 표정이 진지해지면서 주변 분위기까지 조금 바뀐 것 같았다.

남자는 자기소개를 했다.

"유상수라고 합니다."

수만도 모두를 돌아보며 말했다.

"제우스를 조사하고 있는 국정원 요원 중 한 명이지."

"오신다는 말을 듣고 기다리고 있었습니다. 그래… 그 초인 요원이라는 분은 누구죠?"

초인, 유석은 본능적으로 자신을 지칭하는 표현이라는 것을 알 수 있었다.

"이유석이라고 합니다.

유석이 나서자 상수도 반갑게 맞이했다.

"아, 당신이군요. 이야기 많이 들었습니다. 말 그대로 초인 요원으로서 수많은 활약을 해오셨다고요. 꼭 한 번 만나고 싶었습니다."

초인 요원.

물론 칭찬이겠지만 듣고 있자니 어딘지 모르게 조금 민망하다는 기분도 들었다.

그렇게 유석에게 관심을 표한 상수는 다른 요원들도 돌아보며 말했다.

"폐광 지역으로 갈 예정이라고 하셨죠?"

"그래, 우리가 꼭 알아야 할 정보 같은 게 있나?"

"글쎄요. 확실히 말할 수 있는 것은 상당히 위험한 곳이며 특히 그 안으로 들어가려면 목숨을 걸어야 한다는 것 정도?"

"예상했던 이야기로군."

"그리고 목숨을 걸고 안으로 들어간다고 해도 들어갈 수 있는 곳은 폐광 주변이 전부. 폐광 안으로 들어가는 건 불가능할 거예요."

"불가능하다고? 어째서?"

"한마디로 말해 외부인은 절대로 들키지 않고 일정지역 이상 접근할 수 없도록 철저하게 경계망을 깔아놨기 때문이지요. 힘들다는 게 아니라 말 그대로 불가능해요. 불가능. 홍채

인식, 지문인식, 기타 등등 아주 몇 중으로 안전장치를 깔아 놓았기 때문에 괴도 루팡이라고 해도 그 안으로 들키지 않고 잠입하는 건 불가능해요. 뭐 처음부터 다 때려 부수고 들어가지 않는 이상은."

"빌어먹을. 그 정도였는가."

처음부터 다 때려 부수고 들어간다는 게 가능할지는 둘째치고, 가능하다고 해도 그래서는 의미가 없다.

제우스의 영토나 다름없는 곳 안에서 제우스와 전면전을 벌이면 이쪽이 패배할 가능성이 극히 높을뿐더러, 설사 승리한다고 해도 얻으려던 제우스의 부도덕한 행위에 대한 증거를 얻을 가능성은 거의 없다.

전면전급의 사태가 벌어지면 당연히 제우스 측에서 관련 자료를 모조리 파기하려 할 테니까.

따라서 처음부터 다 때려 부수고 들어가는 등의 행위는 괜시리 긁어 부스럼 만드는 일로서 도저히 채택할 수가 없는 방법이었다.

"잠입이 불가능하다면 다른 들어갈 방법은?"

"음, 글쎄요. 뭐 내부 직원으로 위장하는 방법이 있겠지만 제우스에서도 그쪽으로는 아주 철저하게 해놔서요. 정말 상상 이상으로 무지무지 철저하다구요. 현지에서 직원을 따로 뽑거나 하는 일은 절대로 없고 자기들이 미리 데려온 직원들만 배치해 놨어요. 경비원에 청소부까지 모두 말이에요. 혹시 그중 결원이 생기더라도 아마 마찬가지로 할 거예요. 철저한 검증을 거치겠지요."

"그러면 들어가는 게 불가능한 난공불락이라는 말인가?"

"음… 한 명 정도라면 어떻게 될 것도 같은데."

"한 명?"

질문을 받은 상수는 요원들을 둘러보다 유석 쪽에 시선이 멈췄다.

"저 친구, 힘깨나 쓰죠?"

힘깨나 정도가 아니라 올림픽 역도 금메달리스트도 능가하는 괴력의 소유자다.

유석은 자신있게 고개를 끄덕였다.

그러자 상수가 다시 말했다.

"내 역량과 국정원의 역량을 총동원하면 한 명 정도는 폐광 안으로 들여보낼 수 있을 것 같아요."

"무슨 방법으로?"

"말씀드렸듯 그곳에는 잡일꾼 한 명까지 하나하나 검증을 거친다고 했죠. 하지만 아무래도 잡일꾼 검증과 그 지역 경비 책임자 검증이 같을 수는 없죠. 잡일꾼 한 명에게 어떤 사고가 나서 병원에 입원하게 되고, 그 빈틈을 메우기 위해 제우스에서 또 다른 일꾼 한 명을 보낸다. 이런 시나리오로 일을 진행시키고 그사이에 우리가 어떻게 손을 쓰면 한 명 정도는 들여보낼 수 있을 거예요."

"흠… 한 명이라는 말인가."

"네, 한 명. 아마 그게 한계일 겁니다. 그 이상 손을 썼다가 제우스에서 뭔가 이상하다는 걸 눈치채면 그대로 나가리예요. 다시 말하지만 그것들이 호구도 바보도 아니니까요."

"한 명이라……."

수만이 슬쩍 유석을 바라보았다.

정말 한 명만 폐광 안으로 들여보낼 수 있다면 그 사람은 유석이 되어야 할 것이다.

가장 뛰어난 실력자이니까 말이다.

또다시 유석에게 가장 큰 위험을 감수하도록 해야 한다는 말인가.

수만으로서는 그다지 내키지 않는 일이었다. 또 강제로 할 수도 없는 일이라 여겼다.

결국 수만은 유석에게 직접 결정하도록 하기로 했다.

"어떻게 생각하나."

유석이 되물었다.

"강제 사항입니까?"

"강제 사항은 아니야. 자네가 원치 않으면 철수할 수밖에. 오해하지는 말게. 그렇다고 자네에게 어떤 책임을 떠넘길 생각은 조금도 없으니까. 일단 철수하고 다른 방법을 강구하자는 말이지."

아무리 유석이라고 해도 쉽게 결정할 일은 아니었다.

유석의 시선이 은아 쪽으로 향했다.

은아도 어깨를 으쓱이며 말했다.

"들어 보니 보통 위험한 임무가 아니야. 일단 물러나는 게 좋지 않을까?"

"물러나면 뭐 뾰족한 방법이 있나?"

"알아봐야지."

"없을 수도 있다는 말이군."

"부정할 수 없다는 게 슬프네."

"……."

고민하던 유석의 마음은 점점 한쪽으로 기울어져 갔다.

역시 카리스 그놈이 지금 무슨 짓을 하고 있던 계속해서 마음대로 활동하도록 놔둘 수는 없다.

거기에다 굳이 카리스가 아니더라도 사람을 가지고 생체 실험 같은 짓거리를 하는 놈들을 내버려 두고 싶지도 않았다.

아니, 하루빨리 박살 내고 싶었다.

이대로 물러갔다가 정말 다른 방법을 찾아내지 못해서 일을 망친다면 정말로 후회를 할 것 같았다.

거기까지 생각이 미친 유석은 결정하고 수만에게 말했다.

"까짓것 해보겠습니다."

"혼자 폐광 안으로 들어가겠다고?"

"그게 최선인 것 같으니까요."

수만이 한숨을 쉬며 말했다.

"알았다. 그러면 최대한 안전하게 들어갈 수 있도록 지원하지. 방법이 있겠나?"

질문은 상수를 향한 것이었다. 상수가 말했다.

"한 명 정도는 큰일 없이 들여보낼 수 있을 겁니다. 아무리 제우스라도 잡일꾼 한 명 한 명에게 현미경 검증을 들이대지는 않을 테니까요. 단, 그렇다고 신경을 아주 안 쓰지는 않을 테니 최대한 조심하는 게 좋겠죠."

"……."

"유석이라고 했나요? 내가 할 말은 이것뿐입니다. 조심, 또 조심할 것."

유석이 고개를 끄덕였다.

"명심하지요."

* * *

상수는 명목상 제우스가 관장하는 지역을 감독하기 위해 국가에서 파견된 공무원으로 일하고 있었다.

그리고 국정원 요원들은 그 밑에서 일하는 사람들로 위장하고는 마을에서 여러 가지 활동을 해나갔다.

오직 유석만이 예외였다.

유석은 금세 마을을 떠난 듯 위장한 뒤 밤중에 마을 경비를 뚫고 몰래 돌아와 몸을 숨겼다.

국가에서 파견된 공무원들 중 한 명이 사라졌다가 어느 날 폐광 지역에서 일하는 잡역부로 취직했다는 사실이 밝혀지면 모든 일이 어그러질 수 있기 때문이었다.

다행히 마을 바깥 경비는 폐광 경비처럼 엄하지는 않았다.

나름대로 철저하기는 했지만 유석이 밤중에 몰래 들어오는 것까지 막을 수는 없었다.

그렇게 제우스의 눈을 피해 마을로 들어온 유석은 마을 내 몇 안 되는 벽돌 건물 지하에 몸을 숨겼다.

며칠간은 별로 하는 일 없이 지하에서 숨죽이고 있는 지루한 나날이 이어졌다.

"후……."

지하에서 할 일이 없는 유석은 주로 몸을 단련하는 것으로 시간을 보냈다.

아무리 초인이라도 방구석에서 아무 일도 하지 않고 처박혀 있으면 몸이 녹슬게 마련이니 말이다.

그저 몸이 녹슬지 않고 현상유지를 위해 하는 운동이었지만 그것도 보통 사람의 운동량과 비교하면 엄청난 것이었다.

보통 사람은 역기로 쓰기도 힘들 무게의 물건을 아령으로 쓰고, 양팔로 간신히 굽혀야 할 강도의 물건을 악력기로 쓸 정도였다.

"언제 봐도 끝내주네."

지하로 내려온 은아가 한마디 했다.

마침 운동을 마친 유석은 웬만한 역기 무게를 가진 아령을 내려놓고 말했다.

"보통이야."

"너는 국정원 요원 같은 거 하지 말고 그냥 올림픽에 나갔으면 더 좋았을 것 같은데. 다종목 세계 신기록은 그냥 작성했을 걸."

"흥미 없어."

"그래? 뭐 다행이라고 해야 하나. 우리들 입장에서는 말이야. 나도 너 덕분에 목숨 건진 적도 있으니까."

"할 일을 한 것뿐이야. 그런 이야기를 하려고 내려온 거야?"

은아가 고개를 끄덕였다.

"난 지금 일이 없고 다른 사람은 일이 있어서 심심했거든."

"그러면 다른 사람 일이나 도와주는 게 더 나을 것 같은데."

"모처럼 쉬는 시간이니까."

유석은 은아가 뭔가 말을 돌린다는 것을 느꼈다. 하고 싶은 말은 따로 있는 것 같았다.

"나한테 할 말 있어?"

"뭐, 말해도 될까?"

"너 답지 않게 뭘 질질 끌어. 할 말이 있으면 하던가."

정말 은아답지 않게 은아는 잠시 주저하다 뒤늦게 말했다.

"대단한 이야기는 아냐. 그저 요즘 너가 너무 무리하는 것 같아서."

"무리? 내가?"

"그래."

유석은 자기의 몸을 돌아보며 말했다.

"글쎄. 특별히 무리한다고 생각한 적은 없는데. 원장님한테 정기 검사도 꼬박꼬박 받고 있다. 특별히 몸에 이상 같은 것은 없다고 하더군."

"그야 니 몸이 엄청나게 대단해서 그런 거고, 보통 사람이 보기에는 다를 수도 있거든. 그리고 아무리 튼튼하고 강한 사람이라고 해도 무리하는 건 무리하는 거야."

"뭐가 어떻게?"

"아니, 뭐가 어떻다기보다는… 그냥 네가 너무 무리하는 것 같다는 말이야. 자각 못하는 거야?"

"…그러니까 네 말은 내가 그냥 보기에도 무리하는 것 같다. 이렇다고?"

"말하자면 그렇다는 거지. 이번 일도 그렇잖아. 안 한다고 뭐 당장 우리 다 죽고 이런 것도 아닌데 네가 앞장서서 한다고 한 거잖아. 무지 위험한 일인데. 실패하면 살아 나오기 힘들 텐데."

"여기 오고 나서 위험하지 않았던 일은 없는 것 같은데. 실패해도 100퍼센트 멀쩡히 살아 나올 수 있는 일을 한 기억도 없고."

"그야 그렇지만 뭐랄까, 너무 나대는 것 같으니까 그렇지."

은아는 말을 내뱉고는 그만 손으로 자기 입을 가렸다.

자기도 모르게 조금 심한 소리가 나온 탓이었다.

다행히도 유석은 나댄다는 소리를 듣고도 크게 개의치는 않는 듯했다.

"그렇게 보인다면 정말로 그럴 수도 있겠지."

"…넌 나댄다는 말 듣고도 화도 안 나?"

"누가 나더러 뭐라고 한다고 일일이 신경 쓰고 싶은 마음은 없어서."

"그러면 뭘 신경 쓰는데?"

"임무, 그리고 목표."

'이거 완전 괴물 아냐.'

그만 은아는 속으로 이렇게 중얼거리고 말았다.

그나마 이번에는 입 밖으로 내지 않은 게 다행이었다.

아무리 목석같은 유석이라도 면전에서 괴물 소리를 듣고도 평정을 유지할 수 있으리라고 장담할 수는 없으니까.

'하아…….'

대신 은아는 왜 자기가 귀중한 휴식시간에 여기에 내려와서 저 목석같은 유석 녀석과 이야기를 하고 있는지 의문마저 들었다.

분명 자신은 걱정을 해주고 있는데도 저 녀석은 미동도 하지 않고 있다.

그렇다면 이쪽에서도 그냥 신경을 끄면 되는 일이 아니겠는가.

'그게 안 된다는 말이야.'

이후 별 의미 없는 잡담이나 말하던 은아는 막판에 이렇게 말했다.

"이것저것 공작이 마무리되어 가는 것 같아. 조만간 출동할 거야. 조심해."

유석은 짧게 대답했다.

"너도."

기분이 꼬인 탓인지 은아는 좋게 받지 못했다.

"누가 누굴 걱정해. 너나 잘하세요."

신기한 일이었다.

이런 대화나마 나눈 게 싫지만은 않은 기분이 드는 것이었다.

39장

나홀로 적지에

이름 — 하유민.

나이 — 29세.

제우스 그룹의 정직원 잡역부로 2년가량 근무하다 이번에 이 폐광 지역의 잡역부로 오게 됨.

자신의 임시 신분이 적힌 서류를 보며 유석은 고개를 끄덕거리며 말했다.

"이대로 하면 되는 겁니까?"

"네, 꽤 어렵게 만든 거예요. 얼굴은 그대로 쓰고, 홍채나

지문은 당신 걸로 입력시켰어요. 눈에 띄는 짓만 안 하면 제우스에서도 당신한테 크게 신경 쓰진 않을 거예요."

임시 신분에서 가장 중요한 것은 얼굴이었다.

유석은 초인 요원이라 불릴 만큼 아는 사람들 사이에서는 나름대로 유명인이 된 탓이었다.

밑의 직원들이라면 모를까, 윗선에서는 유석의 얼굴을 알고 있을 확률이 적지 않았다.

그런 상황에서 그저 단순 잠입도 아니고 제우스 직원으로 잠입하는데 유석의 맨얼굴로 가는 것은 너무나도 위험했다.

때문에 얼굴에 조금 손을 봐야 했다.

한국 정부처럼 제우스를 주시하고 있던 CIA의 협조로 성형수술을 하지 않고 변장만으로 얼굴을 고치는 데 성공할 수 있었다.

원상복구도 물론 가능하며 변장한 상태로 있으면 어지간히 눈썰미가 좋은 사람도 이것이 변장한 얼굴이라는 것을 결코 알아볼 수 없을 정도였다.

유석은 거울을 빌려 자신의 얼굴을 다시 한 번 살펴보았다.

실제 자신의 나이보다 10살 정도 더 나이가 들어 보이는 30대 중반의 아저씨 얼굴이 있었다.

하유민이라는 이름의 이 신분의 실제 나이가 29살이라는 것을 감안하면 꽤나 노안인 것이었다.

꽤나 거친 삶의 풍파를 거친 듯 나이에 비해 주름이 많아 보였다.

분명 만든 얼굴인데도 이런 생각까지 들게 만들 정도로 변장의 퀄리티는 뛰어났다.

"정말 대단하군."

중얼거리며 유석은 자신의 얼굴을 당겨 보았다.

볼이 죽 늘어지도록 당겼는데도 불구하고 역시나 변장의 흔적 같은 것은 전혀 보이지 않았다.

그렇게 자기 얼굴을 매만지느라 여념이 없는 유석에게 수만이 말했다.

"다시 설명하지. 일단은 거기서 맡겨진 일을 하면서 상황을 살펴보도록. 외출은 허락되는 모양이지만 대놓고 우리와 만나거나 하다가는 들킬 수도 있으니 그런 것은 피하는 게 좋겠다."

"알겠습니다."

"상수 요원이 어떻게 외출한 자네와 만날 수 있도록 손을 써 놓겠다고 했다. 그 외에는 전화 통화도 함부로 해서는 안 돼. 정상적인 방법으로는 오직 상수 요원하고만 연락이 가능하다는 것을 주지하고, 조심하도록."

"네."

그렇게 유석은 제우스에 잠입하게 되었다.

*　　　*　　　*

"뭐 그렇게 복잡한 일은 없습니다. 다 알고 오셨겠지만요. 힘은 좀 필요한 일이에요. 근무 시간이 길어질 수도 있고요. 하지만 일을 더 시키면 그만큼 수당을 확실히 챙겨주니까요."

제우스 직원 신분으로 폐광에 들어간 유석에게 한 정장 차림의 직원이 설명했다.

잡역부 한 명에게 저렇게 정장 입은 직원이 직접 이것저것 설명을 한다는 건 드문 케이스라 유석으로서는 조금 신기하기까지 했다.

"뭐 그런 겁니다. 아시겠지요?"

"네."

"그리고 마지막으로 한 가지."

"……?"

"이미 들으셨겠지만… 이 일은 비밀 유지가 중요한 일입니다. 여기서 혹시 무언가 당신이 예상치 못한 일이 벌어지더라도 절대 그것을 회사 허락 없이 입 밖에 내면 안 됩니다."

"그렇군요."

"명심하세요. 가장 중요한 일입니다."

말하는 직원의 언동은 정중했지만 그 속에는 뼈가 있었다. 아니, 뼈를 넘어 살기가 있었다.

지키지 않으면 죽는다까지는 몰라도 지키지 않으면 신변에 큰일이 생긴다 라고는 충분히 받아들일 수 있는 언동이었던 것이다.

유석은 자못 긴장한 듯 조금 굳은 표정으로 고개를 끄덕였다.

그런 유석의 모습이 만족스러운지 직원은 싱긋 웃으며 말했다.

“비밀만 지키면 되니 너무 긴장하지 않으셔도 됩니다. 그럼 일을 시작하시죠.”

“알겠습니다.”

이렇게 유석은 잡역부로서 일을 시작하게 되었다.

말 그대로 잡역부라 일은 유석의 예상과 크게 다를 것은 없었다.

“이봐, 하씨라고 했나? 이것 좀 저기까지 운반해 줘.”

“하씨. 여기 쌓인 거 보이지? 모두 풀고 저걸로 다시 포장을 해.”

“여기 생수 100박스 좀 여기에 실어주겠나?”

여기저기서 요청을 받고 하는 일들은 한 단어로 요약하면 노가다였다.

노가다라고는 대학 다니던 시절 유흥비 마련용 알바로 1개월 해본 게 전부인 유석이다.

하지만 군대생활도 일종의 노가다의 연장이라 할 수 있으니 그것을 감안하면 노가다 경험이 적다고는 할 수 없었다.

더군다나 유석에게는 보통 사람을 뛰어넘는 근력과 체력이 있지 않은가.

노가다가 특별히 힘들다거나 괴로울 이유는 없었다.

유석은 자신이 받은 일들을 착착 수행해 냈다. 동료들이 감탄한 듯 한마디씩 했다.

"휘유, 처음 들어온 것치고는 정말 일 잘하는구만."

"하유민 씨, 힘이 장난 아닌데?"

이렇게 사람들에게 칭찬을 받는 것은 유석 입장에서 일장일단이 있었다.

주변 사람들에게 칭찬을 받으며 신뢰를 얻는 것은 분명 좋은 일이었다.

반면에 시선을 모으고 눈길을 끄는 존재가 되는 것은 유석이 정말 제우스의 직원이라면 모를까, 잠입수사에 나선 사람으로서는 그다지 좋은 일이 아니었다.

때문에 유석은 신뢰를 얻는 정도로만 비칠 수 있도록 힘조절을 했다.

말 그대로 남들보다 조금 더 힘세고 조금 더 잘하는 수준으로만 보이려고 노력했다.

"이렇게 일을 잘하니 딱히 뭐 봐줄 것도 없겠구만. 그래, 할당량 다 해놓고 퇴근해도 되요."

마침내 유석은 이 정도의 신뢰를 얻어낼 수 있었다.

남들이 자신을 보지 않는다는 것. 그야말로 유석이 원하는 바였다.

정보를 얻어내는 방법은 사람을 통해 얻는 것과 스스로 관찰해서 얻는 게 있다.

사람을 통해 얻어내는 게 빠르고 간편하지만 그만큼 위험 부담도 크다.

당장 잠입수사를 하는 입장에서 어설프게 사람들에게 이것저것을 캐묻고 다니다가 수상한 사람 취급이라도 받으면 일을 망칠 수도 있다.

아니, 일을 망치는 수준에서 끝나지 않고 목숨마저 잃게 될 수 있다.

때문에 유석은 사람에게 정보를 듣는 것보다는 직접 보고 관찰하면서 정보를 얻어내는 방법을 택했다.

자신의 생각일 뿐만 아니라 경험 많은 수만의 조언이기도 했다.

때마침 지금 유석이 맡은 일은 이런저런 폐기물들을 정해진 곳에 버리는 것이었다.

주변에 사람이 없음을 확인한 유석은 슬며시 폐기물을 살펴보았다.

'음식물 쓰레기, 각종 포장지, 다 쓴 사무도구, 폐가전… 특별한 것은 없군.'

비즈니스 공간에서는 얼마든지 나올 수 있는 폐기물들뿐이었다.

다른 것들을 뒤져 봐도 마찬가지였다.

유석이 폐기물들에서 무언가 새로운 것을 발견하는 데는 이틀의 시간이 걸렸다.

"이건?"

홀로 폐기물을 처분하려던 유석은 뭔가 심상찮은 검은 비닐봉지를 발견했다.

유독 튼튼한 봉지에 꽁꽁 싸인 게 이상하게 눈길을 끌었다.

유석은 그 비닐봉지를 뜯어보았다.

"…이건."

그러자 안을 살피기도 전에 강렬한 피비린내가 확 풍겼다.

봉지 안에 있는 것은 피와 오물들로 더럽혀진 물건들이었다.

장갑, 옷가지, 끈 따위 물건들이 피와 오물에 젖어 봉지 속에 처박혀 있었다.

피 묻은 폐기물들.

이곳이 병원이나 도살장이라면 종종 나올 수 있는 대수롭지 않은 물건이라 할 수 있겠지만 이 폐광은 병원이나 도살장의 용도로 쓰지는 않는다고 알려져 있다.

내용물을 확인한 유석은 폐기물의 일부를 뜯어내 주머니에 넣었다.

그리고 아무 일 없다는 듯 봉지를 원상복구시키면서도 유석은 속으로 생각했다.

'역시 무언가 있는 것은 확실한 것 같군.'

그리고 또 이틀간 폐기물들을 살폈다.

하지만 더 이상 폐기물에서 무언가 중요한 정보를 알아낼 수는 없었다.

아무래도 무언가 중요한 정보가 든 폐기물을 갓 들어온 잡역부가 처리할 만큼 이곳의 보안이 허술하지는 않은 모양이었다.

생각해 보면 이틀 전 발견한 피 묻은 폐기물들도 의도치 않게 섞여 들어온 행운이 아닐까 싶었다.

그렇게 유석이 폐광에 잠입수사를 나선 지 닷새가 흘렀다.

제우스는 외국계 회사라 그런지 주5일제 근무를 비교적 철저히 준수하는 곳이었다.

잡역부 신분인 유석 또한 그 혜택을 받고 주말을 쉴 수 있었다.

물론 쉬는 동안 숙소에서 낮잠이나 자면서 시간을 보낼 수는 없는 노릇이었다.

유석은 곧장 상수와 만남을 가졌다.

"수고했습니다. 미행 이런 건 없었지요?"

약속 장소에서 유석과 만난 상수의 첫마디였다. 유석은 고개를 끄덕였다.

"철저하게 신경을 썼습니다."

"네, 그래야지요. 아직은 잡역부 신분인 당신에게 그렇게 신경을 쓸 것 같지는 않지만 그래도 최대한 조심을 하는 게 좋으니까요. 나도 그 점은 아주 신경을 쓰고 있는 부분이구요."

"그렇군요. 다른 요원들은?"

"뭐 제각각 간단한 일이나 하면서 소일하고 있지요. 당신이 뭔가를 찾아내야 그 사람들도 본격적으로 일을 할 수 있는 것 아니겠습니까. 그래, 뭐 알아낸 것 있나요?"

"대단한 건 아니고……."

유석은 자신이 발견된 피로 오염된 폐기물들에 대해 설명했다.

다 들은 상수가 고개를 끄덕였다.

"확실히 대단한 건 아니지만 그래도 넘길 수도 없는 것이기는 하군요. 혹시 샘플 같은 것을 채취했나요?"

"여기 있습니다."

유석은 랩에 싸인 천조각을 넘겨주었다.

피 묻은 폐기물을 발견했을 때 챙긴 바로 그 샘플이었다.

샘플을 넘겨받고 살핀 상수가 말했다.

"수고하셨지만 이걸로는 큰 의미가 없겠네요."

사실 유석도 어느 정도 예상한 말이었다.

저 정도 쓰레기로 해결될 일이었으면 자신이 이렇게 잠입 수사를 할 이유도 없을 것이다.

"그래도 조사는 해야지요."

"네, 이건 어떻게든 밀반출해서 바깥에 보낼 겁니다. 뭐 이 피가 사람의 피라면 당신이 목격한 것을 뒷받침해 주는 증거는 될 수 있을 테니까."

"문제는 더 명확한 증거가 필요하다는 겁니다."

"잘 아시는군요. 바로 그겁니다. 이야기를 들어보니 아무래도 지금처럼 할 일을 열심히 하는 것만으로는 한계가 있을 것 같군요."

문득 유석의 눈빛이 조금 더 진지해졌다.

"그러면 조금 더 적극적으로 활동해 보겠습니다."

적극적인 활동.

조금 더 위험한 활동을 하겠다는 말과 동의어다.

말뜻을 알아들은 상수가 잠시 생각하다 고개를 끄덕였다.

"위험하지만 그 수밖에 없겠군요."

그야말로 적절한 표현이었다.

위험하지만 다른 수가 없다는 것 말이다. 유석은 고개르 끄덕였다.

"알겠습니다."

*　　*　　*

상수와 대화를 나누고 돌아온 유석은 다음 출근부터 말한 대로 좀 더 적극적인 활동을 위해 움직이기 시작했다.

어차피 잡역부 입장에서 보고 들을 수 있는 정보란 한정되어 있다.

그 입장을 넘어선 무언가를 할 필요가 있었다.

일단 유석은 자신이 폐기물을 나르는 일들을 자주한다는 것을 주목했다.

이 폐광이 단순한 비즈니스 공간이 아니라 그 니콜라이라는 놈이 말한 것처럼 비윤리적인 실험 같은 것이 이루어지는 장소라면 그에 따른 폐기물들도 발생할 것이다.

그러나 며칠 동안 일하면서 유석은 그런 것을 거의 보지 못했다.

피로 오염된 그 폐기물들은 어쩌다가 하나 섞인 모양이었고 그나마도 다시 나오지 않았다.

아무래도 이곳에서 정말 그런 실험이 벌어진다면, 그 폐기물들을 처리하는 장소는 따로 있다고 생각하는 게 적절할 것 같았다.

그러나 낮에 하는 통상적인 근무시간 동안에는 아무리 주변을 두리번거려도 무언가 단서를 찾을 수 없었다.

결국 유석은 방법을 바꿨다.

"아니, 하유민 씨. 일 잘하다가 이게 뭔 일이야."

"죄송합니다. 어제 잠을 설쳤더니 피곤해서 그만……."

"이 일 어쩔 거야? 오늘까지 마무리를 해야 하는데."

"야근하겠습니다."

"에잉. 어쩔 수 없구만. 그래, 그럼 오늘 좀 수고하라고."

유석이 선택한 방법이란 바로 일부러 일을 조금 망친 뒤 그걸 빌미삼아 야간에 일을 하는 것이었다.

야근 말고는 밤에까지 직장에 남아 무언가를 관찰할 명분이 없기 때문이었다.

그렇게 야근을 하게 된 유석은 당연히 일보다는 주변 관찰을 중점적으로 했다.

"……."

밤의 폐광은 낮보다 훨씬 고요했다.

반 이상의 직원이 퇴근했고 주변에 별로 불도 켜져 있지 않아 어딘지 모르게 을씨년스럽기까지 했다.

'이렇게 조용하다면 뭔가 뒤가 구린 짓을 하기가 좋겠지.'

속으로 중얼거리며 유석은 짐을 나르면서도 주변 관찰에 주의를 기울였다.

오래잖아 무언가를 발견할 수 있었다.

"저건……?"

멀리서 희미하게 보이는 연기.

달빛과 간간이 비치는 조명에 의지한 것이라 매우 흐릿했지만, 분명 이 폐광 구역 어딘가에서 연기가 피어오르는 것이었다.

처음에는 어디서 불이 난 게 아닌가 했다.

하지만 잠시 지켜보니 저 연기는 예기치 못한 화재에 의한 게 아니라, 통제된 환경에서 무언가를 태우면서 나는 연기가 틀림없는 것 같았다.

설마 제우스에서 화력 발전소나 벽난로 같은 것을 돌린다고 생각하기는 힘들었다.

그렇다면 무언가를 태운다면 역시 소각장 같은 게 아닐까.

'소각장이라면 무언가를 태우는 것이고, 쓰레기를 이 밤중에 태운다면……'

쓰레기를 태우는 게 이렇게 인적 드문 밤중에 몰래 할 만큼 나쁜 행위일까.

아마 아닐 것이다. 정상적인 쓰레기를 정상적으로 태우는 과정이라면 말이다.

일단 유석은 연기가 나오는 위치를 잘 기억해 두었다.

주변이 어두워 자세히는 파악하기 어려웠지만 어느 쪽에서 얼마만큼 가면 도착할 것 같다고 눈대중은 할 수 있었다.

그리고 다음 날, 유석은 이곳에서 오래 일한 동료에게 지나가듯 슬쩍 물었다.

"여기서 뭐 태우기도 하나 봐요?"

"뭐라고?"

"아니, 어제 야근하다가 뭐 태우는 거 같은 걸 본 것 같아서."

유석이 천연덕스럽게 물은 탓인지 동료도 별 생각 없이 말해 주었다.

"아, 그걸 봤나? 가끔 그렇게 뭘 태우는 게 있는 모양이야."

"쓰레기 같은 걸 태우나요?"

"뭐 그런 거겠지. 아니면 뭐 밤중에 목욕탕이라도 돌리는 것이든가."

"하하하. 재밌군요."

농담에 웃어주면서도 유석은 한 가지 사실을 깨달았다.

눈앞의 동료도 자세한 것은 알지 못하거나, 알아도 말해줄 리 없다는 사실 말이다.

아직 유석은 동료들에게 서로 속마음을 털어놓고 지낼 만큼의 신뢰를 얻지 못했다. 사실 그 정도 시간도 없었고 말이다.

그런 상황에서 동료들에게 함부로 들러붙거나 입을 놀리면 도리어 수상한 자 취급을 받고 큰일을 당할 수도 있었다.

역시 직접 알아내는 것이 최선이었다.

결정을 내린 유석은 이틀 간 주변을 관찰해 직접 알아내기 위한 준비를 했다.

'일단 외부인이 침입하는 것에 대한 방비는 철저하지만 한 번 들어온 내부인이 안을 휘젓고 다니는 것에 대한 방비는 그만큼 철저하지 않다.'

며칠간 세심한 관찰 끝에 유석이 내린 결론이었다.

이제는 일에도 어느 정도 적응이 되었기에 도중에 약간의 시간을 내는 것도 가능할 듯했다.

'들키면 위험하겠지만… 어차피 무슨 짓을 하든 위험한 것은 마찬가지지.'

속으로 중얼거리며 유석은 결정을 내렸다.

* * *

점심시간과 그 후 30분.

열흘 가까이 일한 유석이 알아낸 도중에 시간을 빼기에 좋은 시간대였다.

사람이 밥을 먹을 때와 밥 먹은 직후에는 아무래도 주변 경계가 소홀해지게 마련이며 이곳 역시 예외는 아니었다.

그 틈을 노려 일터에서 잠시 몸을 뺀 뒤 그 연기가 나던 장소를 관찰한다는 것이 유석의 계획이었다.

계획대로 일단 유석은 점심식사를 5분 만에 해치웠다.

이 폐광의 점심은 식당 같은데 한데 모여 하는 게 아니라 각자 포장된 음식류를 받은 뒤 각자 알아서 하는 스타일이라는 게 개인 활동을 더 용이하게 만들어 주었다.

남은 점심시간은 약 55분.

그리고 계산된 30분을 더하면 대략 85분 정도 시간을 뺄 수가 있다.

물론 이것은 어디까지나 최대치였다.

가능하다면 그보다 서두르는 게 유석의 신변을 위해서도 바람직할 것이었다.

유석은 이곳저곳에서 식사 중인 직원들의 눈을 피해 움직이기 시작했다.

말 그대로 돈을 벌기 위해 제우스에 입사하였다 여기까지 흘러들어온 선량하거나 보통인 직원들은 별로 무서울 게 없었다. 그저 잘 피하면 그만이었다.

그러나 소각장으로 추정되는 장소로 접근할수록 그저 그런 직원들이 아닌 다른 사람들도 하나둘 눈에 띄기 시작했다.

옷차림은 평범하게 차려 입었으되 눈빛이 예사롭지가 않은 자들.

혹은 옷차림부터가 비범한 자들.

비범한 옷차림이란 헬멧에 방탄조끼까지 걸친 것을 일컫는 것이었다.

물론 손에는 권총이나 심지어 라이플 종류의 무기를 가진 자들까지 있었다.

이 장소가 일반적인 비즈니스 공간이라면 권총은 몰라도 라이플을 가진 경비 같은 게 존재할 이유는 없었다.

저만큼이나 경비를 설 정도면 그만큼 중요한 게 있다고 스스로 자백하는 것이나 다를 바 없었다. 물론 뚫는 것은 쉬울 것 같지 않았다.

'바로 들어가기에는 너무 무모할 것 같은데… 역시 시간을 두고 관찰한 뒤 한 번에 성공할 수 있도록 하는 게 좋겠어.'

결론을 내린 유석은 바로 들어가는 대신 주변을 면밀히 관찰하고 돌아가는 것으로 만족하기로 했다.

또 며칠을 거듭했다.

이제 유석은 폐광 지역 사정에 제법 빠삭해졌다.

그리고 경비들이 지키고 있는 소각장에 들어갈 자신도 생졌다.

유석은 다시 움직였다.

처음 갔을 때가 그렇듯 오늘도 변함없이 권총이나 심지어 라이플로 무장한 경비들이 곳곳에 보였다.

"Hey! @#$%@#$%."

영어로 누군가 떠드는가 싶더니 한 사람이 수레에 먹을 것을 날아왔다.

저 경비들은 자리를 비우지 않기 위해 식사마저도 저렇게 서서 햄버거 따위로 때운다는 사실은 유석도 이미 파악한 바였다.

대단하다고밖에는 표현할 수가 없는 보안의식이었다.

하지만 아무리 경계를 철저히 한다고 해도 식사에 신경을 쓸 때만큼은 주변을 제대로 살필 수가 없을 것이었다.

며칠간의 관찰 끝에 유석이 노리기로 한 타이밍이 바로 지금이었다.

물론 꽤나 짧은 시간이고, 그것도 완전히 경계가 사라지지도 않은 시간이다.

그러나 이 시간이 아니면 이만큼이나마 기회가 있을 때가 없었다.

경비들은 포장된 햄버거를 뜯고 그것을 입에 물었다. 경계가 가장 흐트러질 때였다.

유석은 재빨리 몸을 날려 경비들의 눈을 피해 안으로 들어갔다.

당연하다면 당연하게도 소각장 주변에는 CCTV들도 포진되어 있었다.

카메라의 눈이 미치지 않는 사각지대를 골라 움직이는 것은 상당히 힘든 일이었다.

그나마 다행인 것은 CCTV가 그렇게 촘촘하게 설치되어 있지는 않다는 것이었다.

때문에 카메라의 눈이 미치지 않는 사각지대라는 게 존재하기는 했다.

그 사각지대가 높이 3m의 담을 단숨에 뛰어넘어야 하는 식으로 보통 인간은 접근하기조차 어렵다는 게 문제일 뿐.

이곳에 온 게 보통 인간이 아니라 유석인 게 정말 다행이었다.

유석은 카메라를 피해 담을 뛰어넘어 소각장 안으로 들어가는 데 성공했다.

"……."

소각장 안에 들어오자 묘한 냄새가 옅게 풍겼다.

피비린내에 이것저것 타는 냄새가 뒤섞인 듯한 냄새였다.

'뭔가가 있긴 있군.'

생각하며 유석은 몸을 숨긴 채 돌아가는 것을 살폈다.

아직 점심시간이 40분 이상 남았는데도 불구하고 소각장 안에는 바삐 돌아다니는 사람들이 여럿 보였다.

"@#$%@#$%#@·"

"$#·%#$·%#$·%#$·%"

두 명이 영어로 대화를 나누며 유석 근처를 지나쳤다.

나름대로 토익 고득점자로서 해석해 본 결과 일이 많은 것을 불평하고 있는 듯했다.

유석이 영문학과 출신은 아니라 그 이상은 해석이 곤란했지만 말이다.

'일단 저것들을 따라가 볼까…….'

소각장 안의 지형은 전혀 모른다.

저들이 안내원 역할을 해줄 수 있을 것 같았다.

유석은 주변 경계를 게을리하지 않으면서 두 사람을 천천히 뒤따라갔다.

'……!'

잠시 따라가던 유석은 급히 움직임을 멈춰야 했다. 전방에 CCTV가 있는 것이었다.

바깥의 CCTV는 사각지대 같은 것을 이용해 따돌릴 수 있었지만 실내의 CCTV는 카메라 반경 안에 들어서면 무조건 찍힌다고 보는 게 옳았다.

'빌어먹을.'

결국 일정지역 이상 깊이 들어가는 것은 불가능했다.

그저 CCTV가 닿지 않는 곳에서 몸을 숨긴 채 무언가 단서를 찾기를 바라는 수밖에 없는 것 같았다.

운이 좋았는지, 오래잖아 그 바람이 이루어졌다.

"젠장할. 빨리 옮겨."

"더럽게 무겁구만. 냄새도 지독하고."

"이런 게 하루 이틀이야? 빨리 옮겨."

이번에는 한국인 직원들인지 한국어로 떠드는 소리가 들려왔다.

몸을 숨긴 채 보니 정말 한국인으로 보이는 세 남자가 수레를 끌고 오는 게 보였다.

수레에는 비닐로 단단히 포장된 정체불명의 덩어리들이 한가득 쌓여 있었다.

문제는 비닐에서 나는 냄새였다.

'이 냄새는…….'

이제는 유석에게도 익숙해진 냄새.

바로 피와 시체의 냄새였다.

밀폐된 실내라 저렇게 비닐로 단단히 포장했는데도 불구하고 새어 나온 냄새가 이렇게 진동을 하는 모양이었다.

워낙에 지독한 냄새라 자기도 모르게 욕지거리가 나올 정도였다.

저 직원들이 냄새가 난다고 불만을 토로하는 게 이해가 되었다.

아니, 저 정도 반응으로 끝났다는 것 자체가 저들은 이 일에 익숙해져 있다는 증거로 생각되었다.

'아무래도 저건 시체가 분명한 것 같군. 뜯어서 확인해 볼 수는 없겠지만…….'

생각하던 유석은 시간을 확인해 보았다.

남은 점심시간은 15분가량.

아무래도 오늘은 이쯤 해야 할 것 같았다.

유석은 소각장에 시체 같은 게 이송된다는 것을 알아낸 것에 만족하고 오늘의 임무를 종료했다.

40장

사자(死者)의 하소연

"그러니까 그 폐광 지역 안에 소각장이 있고, 거기에 정기적으로 시체 같은 게 들어가는 것 같다. 이 말인가요?"

"네."

유석의 보고를 들은 상수가 눈살을 찌푸렸다.

"그 시체는 사람의 시체일까요?"

"말했듯 안을 확인할 수는 없었습니다. 하지만 내기를 한다면 나는 사람 시체라는 데 걸지요."

"뭐 나는 보지 못했지만… 그렇게 은밀하게 처리해야 할 대량의 시체라면 역시 사람 시체일 확률이 높기는 하겠군요."

"그렇습니다."

"정리해 봅시다. 그 폐광 곳곳에는 지나칠 만큼 철저하게 무장한 경비 병력으로 철저한 경비체계가 갖춰져 있고, 그중에는 뭔가를 태우는 의문의 소각장이 있으며 그 소각장에 정기적으로 들어가는 건 아마도 사람의 시체인 것 같다. 바로 이 말이지요?"

"내가 본 바로는 그럴 것 같습니다. 문제는 증명할 물증이 없다는 것이지만."

"그 물증을 구할 수는 없을까요?"

"말씀드렸듯 안에 CCTV가 깔려 있습니다. 바깥이라면 어떻게 그것을 뚫고 안으로 들어가는 것까지는 하겠지만 안에 깔린 CCTV까지는 나로서도 답이 없습니다."

"곤란하군요."

"조력자라도 붙여줄 수는 없겠습니까? 굳이 조력자가 아니더라도 어떻게 CCTV를 오작동시키거나 전력을 차단시키거나 하면 가능할 것도 같은데……."

유석의 말을 들은 상수는 한참 생각하다 태블릿 PC를 꺼내 이것저것을 살펴보기 시작했다.

"음. 기본적으로 그 폐광 지역의 전력은 우리 쪽 발전소에서 받고 있으니까… 불가능하지는 않을 것 같지만."

"전기를 끊는 게 가능하다고요?"

"네, 딱 한 번 정도라면."

"그러면 그렇게 해주세요. 전기를 끊든 어떻게 하든 CCTV만 무력화시키면 내가 안으로 들어갈 수 있을 테니까."

"다시 말하지만 이 방법은 딱 한 번밖에 쓸 수 없을 거예요. 그 이상 하면 분명 의심을 살 테니까요. 내 말뜻 알아듣겠어요?"

"기회는 한 번이니 절대로 실수가 있어서는 안 된다."

"네. 그리고 또 있어요. 아무튼 합법적으로 들어온 다국적 기업에 일방적으로 전기를 끊는 건 보통 일이 아니니까요. 지금 있는 것보다도 좀 더 명확한 증거가 필요해요. 정말 그 소각장에 사람의 시체가 태워지고 있기 때문에 우리 정부에서 제우스와 계약을 맺고 합법적으로 제공하고 있는 전력을 일시적으로나마 끊어야만 하는 명백한 이유가 있다는 증거 말이에요."

"소각장에 사람 시체가 태워지고 있다는 보다 직접적인 증거를 내놓으라?"

"바로 그렇죠."

답답해진 유석이 이마를 짚었다.

"빌어먹을. 골치 아프군."

"어려울까요?"

"말했듯 나 혼자서 CCTV를 모두 다 뚫는 건 불가능합니다."

"…역시 이것을 가지고 오기를 잘했군요."

말과 함께 상수는 품에서 무언가를 꺼냈다.

보니 두꺼운 종이가 돌돌 말린 작은 종이뭉치였다.

유석이 물었다.

"이게 뭡니까?"

"마법 스크롤이죠."

생전 들어본 적 없는 생소한 단어에 유석이 다시 물었다.

"뭐라고요?"

"마법 스크롤이요."

"마법 스크롤? 그건 대체 뭡니까?"

"마법을 쓸 수 있게 해주는 스크롤이라는군요."

"…지금 한국말 하고 있는 것 맞습니까?"

지적을 받은 상수가 어깨를 으쓱거렸다.

"뭐 솔직히 나도 잘 몰라요. 일단 들은 대로 설명을 한 것 뿐이라서요. 뭐 아는 한도내에서 최대한 쉽게 설명하자면… 그러니까 이 마법 스크롤이라는 물건이 있으면 마법을 쓸 수가 있다고 합니다. 마법을 쓸 줄 몰라도요."

"그러니까 이 스크롤이 있으면 그 마법이라는 것을 그냥 쓸 수가 있다?"

"그런 말인 것 같더군요."

"그럼 이건 케네스 그자가 만든 겁니까?"

"네, 케네스가 만들었다고 하더군요."

마법 스크롤.

처음 듣는 이름에 처음 보는 물건이다.

하지만 그 케네스가 만들었다면 아무래도 보통 물건은 아닐 것 같다.

유석은 슬며시 마법 스크롤이라는 이름의 종이 뭉치를 집어 보았다.

'응?'

종이 뭉치와 손이 닿은 순간, 가볍게 전기가 오른 것 같은 기분이 들었다.

통증 같은 게 느껴진 것은 아닌데 뭔가 알 수 없는 힘 같은 게 손끝을 타고 흘러 지나간 것 같았다.

뿐만 아니라 마법 스크롤이라는 종이뭉치를 쥐고 있으니 계속해서 손에서 뭔가 힘 같은 게 흐르는 듯한 느낌이 전해져 왔다.

처음에는 착각인가 하는 생각도 했지만 계속 이어지는 이 느낌을 착각이라 치부하는 건 힘들 것 같았다.

"원래 이런 느낌입니까?"

유석의 질문에 상수가 되물어왔다.

"뭔가가 느껴집니까?"

"그럼 당신은 이것을 느끼지 못합니까?"

"나는 아쉽게도. 아니, 대부분의 사람은 아무것도 느끼지 못한다고 하더군요. 그 케네스라는 사람 말에 의하면."

"…하지만."

"그러니까 마나라는 것에 민감하거나 그 힘을 가진 사람이라면 마나를 띠고 있는 이 마법 스크롤에 흐르는 힘을 감지할 수가 있다. 이렇게 설명을 하더군요. 무슨 뜻인지 내게 묻지는 마세요. 나도 제대로 이해가 안 되어서 그 케네스라는 자가 했다는 말을 그대로 리바이벌하는 것뿐이니까."

"……."

말하는 상수 본인도 제대로 이해하지 못하는 것을 제대로 설명해 달라고 요청할 수는 없는 일이었다.

확실한 것은 한 가지 사실뿐이었다.

이 마법 스크롤이라는 물건은 보통 사람에게는 아무것도 느껴지지 않는 종이뭉치일 뿐이라는 것.

하지만 유석 본인만은 이 종이뭉치에 흐르는 마나인지 뭔지 하는 힘을 감지할 수 있다는 것.

그리고 그 힘을 감지할 수 있다는 것은 유석의 몸 안에도 그 마나라는 힘이 존재하고 있다는 것.

역시 유석은 보통 사람과는 상당히 다른 존재였던 것이다.

'이제는 새삼 놀랄 일도 아니겠지만.'

이제는 놀라거나 심지어 자조할 것도 없었다.

유석이 보통 사람과 다르다는 것은 이미 본인은 물론 아는 사람은 다 아는 사실이니까.

유석은 말머리를 돌리기로 했다.

"그래, 이 마법 스크롤이라는 건 어디에 쓰는 겁니까?"

"한마디로 말해서 그걸 찢으면 마법이 시전된다더군요."

"마법이 시전?"

"쉽게 말하자면 그걸 찢으면 마법이 써진다는 말이지요."

"마법이 써진다? 이 종이를 찢는 것만으로?"

"네, 참고로 1회용이랍니다. 한 번 찢으면 한 번 마법이 시전되고 그것으로 끝이라더군요."

듣기로 레넌 제국에는 마법이라는 학문이 따로 있다고 한다.

마법이라는 힘은 동명의 학문을 익혀 사용법을 아는 자만이 쓸 수 있는 것이다.

그런데 이 스크롤이 있으면 그 학문을 모르는 자도 마법을 쓸 수 있다.

단 1회용으로.

꽤나 놀라운 이야기였다.

하지만 이야기를 알아듣는 것과 납득하는 것은 다른 문제다.

"정말 그런 게 가능합니까?"

"나도 쉽사리 믿을 수는 없었지요. 그래서 이것을 받아 왔어요."

상수는 품에서 또 다른 종이뭉치를 하나 꺼냈다.

아마 저것도 그 마법 스크롤인지 뭔지 하는 물건인 것 같았지만 유석은 일단 물어 보았다.

"그건?"

"이것도 마법 스크롤이지요. 시험용이구요."

"시험용?"

"네, 이 마법 스크롤을 사용하면 주변에 있는 사람 모두가 몇 초간 잠들었다가 깨어난다더군요. 그리고 사람들 모두 자신들이 잠들었던 것도 기억 못하고, 모두들 그런 일을 겪었다는 사실 자체를 깨닫지 못한다고 하구요."

이런 상수의 말을 들은 유석은 주변을 슬쩍 둘러보았다.

지금 자신과 상수가 마주앉아 이야기를 나누는 곳은 허름한 술집이었다.

주인은 카운터에서 멍하니 앉아 있고 자신들을 제외하면 두 팀 정도가 다른 곳에서 앉아 이야기를 주고받는 게 보였다.

지금 상수는 이 마법 스크롤을 사용해 보겠다는 뜻이다.

그러면 이 술집 안에 있는 전원이 순간적으로 잠들 것이다.

확실히 유석도 상수도 마법 스크롤이라는 물건을 한 번도 쓰기는커녕 보거나 들은 적도 없으니 시험을 해보는 게 좋을 것 같았다.

"그럼 시험을 해보지요."

"네."

곧 상수는 마법 스크롤이라는 종이뭉치를 찢었다.

파앗!

'……!'

동시에 유석은 미미한 힘이 바람처럼 주변에 퍼져 나가는 것을 느꼈다.

그리고 몇 초가 지났을까.

"으음……."

풀썩.

나지막한 신음 소리와 함께 술집 안 사람들이 하나둘 쓰러지듯 잠드는 광경이 보였다.

카운터에서 멍하니 앉아 있던 주인도, 자신들의 화제를 가지고 이야기를 나누던 손님 두 패거리도 모두 잠드는 것이었다.

그리고 몇십 초가량 지나자 잠들었던 모두가 천천히 일어나기 시작했다.

일어난 시간은 모두 비슷했지만 그렇다고 모두들 동시에 일어나지는 않았다.

모두들 동시에 잠들었다 깨어났고, 그 깨어난 시간에 약간이나마 차이가 있다면 분명 누군가는 뭔가 이상한 일이 벌어졌다는 사실을 눈치챘어야 할 것이다.

그러나 잠들었던 사람들 모두 자신들이 뭔가 이상한 힘에 의해 잠들었다는 사실 자체를 인지하지 못하는 것 같았다.

아무 일 없었다는 듯 주인은 여전히 카운터에 멍하니 앉아 있고, 다른 사람들도 각자 자기 화제를 떠드는 게 그 증거였다.

그 광경들을 지켜본 유석은 놀라움을 숨기지 않았다.

"그 마법 스크롤이라는 물건, 진짜인 것 같군요."

상수 역시 놀란 표정을 감추지 않았다. 아니, 그의 놀라움은 유석보다도 더 큰 것 같았다.

"대단하군요."

상수가 말하는 '대단하다' 에 뭔가 다른 뜻이 있다는 사실을 깨달은 유석이 물었다.

"뭐가 대단하다는 겁니까?"

"당신 말입니다."

"내가?"

"네, 내가 방금 찢은 스크롤은 찢은 당사자를 제외한 주변의 모두가 영향을 받게 되는 물건이었거든요."

"당사자를 제외한……."

유석은 상수가 무슨 소리를 하는 것인지 깨달았다.

스크롤은 유석과 상수가 함께 찢은 게 아니라 상수 혼자서 찢었다.

즉, 원래대로라면 유석도 조금 전에 마법의 영향을 받고 잠시나마 잠들었어야 했다는 것이다.

그러나 유석은 그지 않았다.

잠들기는커녕 특별히 졸음기 같은 것을 느끼지도 않았다.

"하지만 나는……."

"나도 그게 신기합니다. 케네스는 뭐 항마력인지 뭔지 알 수 없는 말을 하면서 당신에게는 약한 마법은 통하지 않을 거라고 했다지만……."

"나에게는 마법이 통하지 않는다고?"

"아마도요. 최소한 이 마법 스크롤은 통하지가 않은 것 같네요."

"……."

또다시 유석의 비범함이 드러났다.

짧은 시간 동안에 몇 차례나 비범하다는 사실이 드러나는 것이 유쾌하지만은 않았다.

"…아무튼 그 마법 스크롤이라는 건 진짜 통하는 물건이기는 하군요."

"네, 시험도 했으니 확실하겠죠. 당신이 받은 물건 역시 말입니다."

"내 마법 스크롤도 사람들을 재우는 물건입니까?"

"아니, 그건 좀 특별한 물건입니다."

"특별하다?"

"네, 뭐라더라… 맞아. '강령술' 이라는 게 기록된 마법 스크롤이라더군요."

강령술.

들어본 적이 있는 듯한 단어였다. 기억을 더듬은 유석이 말했다.

"강령술이라면 죽은 자를 다루는 마법이 아닙니까?"

"네, 죽은 자를 좀비인지 뭔지로 되살리기도 하고, 혹은 죽은 시신의 기억을 읽기도 하고. 뭐 그런 마법이라고 하더군요. 뭐 솔직히 나는 그런 게 가능할지 의문을 가지고 있지만, 그래도 마법이라는 게 실존하다면 그것 역시 실존하겠지요."

"네, 강령술이라는 건 실존하기는 합니다."

유석은 강령술이라는 것을 직접 목격한 바 있었다.

애초에 그 강령술로 죽은 자의 기억을 읽어내고, 거기에서 시작된 단서로 여기까지 온 것이 아닌가.

"그래, 이 스크롤과 강령술과는 무슨 관계라는 겁니까?"

"그 스크롤을 찢으면, 주변에 있는 죽은 자들의 목소리가 흘러들어와 당신의 머릿속과 스크롤에 기록된다고 합니다."

"그런 게 가능합니까?"

"케네스의 말에 의하면요. 듣자 하니 그 마법 스크롤은 상당히 고생해서 만든 거라더군요. 거의 며칠 동안 전심전력을 기울인 끝에 만든 특주품이라던가… 내가 방금 쓴 그 마법 스크롤은 몇분 만에 뚝딱 만들었다고 들었지만요."

솔직히 이 마법 스크롤이라는 것을 만드는 데 케네스가 얼마나 노력했는지는 유석의 관심 밖이었다.

중요한 것은 이 마법 스크롤을 어떻게 사용하느냐이다.

비로소 유석은 지금까지 마법 스크롤 이야기를 주고받은 이유를 알 수 있었다.

"그러니까 이 스크롤로 그 소각장의 시신들의 목소리를 담아오라. 이 말이군요."

"네, 그 이야기가 하고 싶었습니다."

"이걸 쓰면 CCTV에 찍히거나 뭔가 큰 소리가 나거나 하는 일만 없다면 가능하겠지만."

"그 점은 걱정 안 해도 됩니다. 완전 무소음에 눈으로 보이는 어떠한 효과도 없다더군요. 그저 근처에 있는 죽은 자들의 목소리를 그 스크롤에 기록해 줄 뿐이지요. 스크롤을 찢은 당사자, 당신도 그 목소리를 들을 수 있고요."

"알겠습니다."

유석은 마법 스크롤을 챙기며 대화를 마쳤다.

*　　*　　*

이전에 그러했듯 소각장 안으로 진입하는 자체는 그렇게 어려운 일이 아니었다.

경비 시스템은 튼튼했지만, 시스템 자체가 매일매일 바뀌거나 하는 것은 아니라 똑같이 돌아갔기 때문이다.

따라서 점심시간도 매일 똑같은 시간에 똑같은 방식으로 진행되었고, 그 시간에는 똑같은 약점을 노출했다.

덕분에 유석은 오늘도 무사히 소각장 안으로 들어올 수 있었다.

소각장 내부에 CCTV가 있는 곳 앞까지 잠입한 유석은 몸을 숨겼다.

'이제 죽은 사람들이 오는 걸 기다리면 되는 것인가…….'

문제는 시신들을 담은 수레가 언제 오느냐이다.

잡역부 신분인 유석이 비밀스럽게 운영되는 소각장의 자세한 스케줄 같은 것을 알 턱이 없었다.

방법은 이렇게 시간이 날 때 숨어서 시신을 담은 수레가 운좋게 와 주기를 기다릴 수밖에 없었다.

"……."

마법 스크롤을 받고 돌아온 첫 번째 날은 기다리다가 점심시간을 다 보내야만 했다.

그렇게 이틀을 허탕치고, 사흘째 되는 날.

"젠장할. 이놈의 냄새 하고는."

"빨리 집어넣고 가자."

드디어 그때 보았던 시신 운반자들과 수레가 다시 나타났다.

코를 찌르는 냄새는 저 수레에 실린 밀봉된 비닐봉지 안의 내용물을 짐작하게 했다.

유석은 몸을 숨긴 채 수레가 접근하기를 기다렸다 마법 스크롤을 꺼내 찢었다.

들은 대로 아무런 소리도, 빛이 번쩍하거나 흘러가는 현상 같은 것도 일어나지 않았다.

"……"

고요 속에서 무언가 힘이 흐르는 것을 느낀 것은 유석뿐이었다.

유석은 숨어서 입을 다문 채 무언가 일이 일어나기를 기다렸다.

잠시 후, 무언가가 흘러들어오기 시작했다.

'·#$·%#$·%#$·%#$·%'

말로도 글로도 표현할 수 없는 잡음 같은 게 머릿속으로 비집고 들어오는 듯한 느낌.

'으읍!'

한 번도 느껴본 적 없는 이상한 느낌에 유석은 하마터면 입 밖으로 소리를 낼 뻔했다.

하지만 마음을 굳게 먹은 덕분에 소리를 내지 않고 버틸 수 있었다.

잠시 인내하자 머릿속을 비집고 들어오던 잡음은 점점 형태가 뚜렷해져 어떤 이야기가 되어 머릿속에서 재구성되기 시작했다.

이야기. 그랬다.

죽은 자들이 하는 이야기였다.

자신들이 어떻게 죽었는가에 대한 이야기를 무미건조하게 유석의 머릿속에 집어넣고 있었다.

'이건… 빌어먹을.'

하마터면 유석은 또 입 밖으로 소리를 낼 뻔했다.

머릿속에 들어오는 죽은 자들의 이야기가 너무나도 참혹했기 때문이다.

그저 북한 어느 지역에서 힘들게 살았을 뿐인 무고한 사람이다.

그런데 어느 날 인신매매단에게 납치를 당해서 이 제우스 폐광까지 끌려왔고, 온갖 인체실험을 당한 끝에 비참하게 살해당했다.

머릿속에 비집고 들어온 죽은 자의 이야기를 정리하자면 이랬다.

그 인체실험이라는 것의 과정도 유석의 머릿속에 들어왔다.

한마디로 참혹하다고밖에는 표현할 수가 없었다.

사람이 의식이 멀쩡한 상태에서 자기의 몸이 말 그대로 해체가 되어가는 과정을 지켜보는 것이었다.

그나마 마취를 해준 게 다행이라고 해도 의식이 멀쩡한 상태에서 그런 참상을 지켜보는 건 그 자체가 큰 고통이었다.

거기에다 이상한 약물 같은 것을 주입받고 몸이 변하는 것은 또 어떠한가.

심지어 의식이 생생한 상태에서 몸이 이리저리 부풀어 오르다 폭발하듯 터져 나가기까지 했다.

'크윽, 빌어먹을.'

얌전히 숨어서 읽기가 힘들 정도로 잔혹한 기억들이 이어졌다.

그리고 기억의 말미에서 마침내 유석은 정말 찾고 있던 정보들을 알아냈다.

바로 이 폐광의 지하에 이 생체실험실이 존재한다는 정보 말이다.

그리고 죽은 자가 죽기 직전 본 사람들의 얼굴도 떠올랐다.

대부분 낯선 얼굴들이었다.

하지만 한 명, 딱 한 명만큼은 낯이 익었다.

'카리스!'

카리스의 얼굴이었다.

죽은 사람들을 무심히 내려다보며 이런저런 알 수 없는 짓을 하는 게 보였다.

'카리스가 여기에 있다는 말인가.'

카리스가 이곳에 있다면 그것으로 게임 오버나 다름이 없었다.

이곳에서 카리스를 잡거나 죽이면 그것보다 더 큰 증거가 어디 있겠는가.

죽은 자의 기억은 거기까지였다.

유석은 자신이 본 죽은 자의 기억이 기록되었을 찢어진 마법 스크롤을 품에 잘 갈무리하고는 점심시간이 끝나기 전에 서둘러 소각장을 빠져나갔다.

*　　*　　*

다음 외출할 때 유석은 찢은 마법 스크롤을 상수에게 넘겨주었다.

그리고 1주일 뒤, 오랫동안 끌어왔던 이 작전이 서서히 마무리에 접어들고 있었다.

"당신이 가져온 정보는 잘 보았습니다."

"그것들이 정말 그 스크롤이라는 데 기록이 되긴 한 모양이군요."

"네, 사실 긴가민가했는데 그 케네스라는 사람이 어떻게 하니까 나도 그 죽은 사람들의 기억이라는 걸 읽을 수 있었습니다."

문득 상수가 한숨을 내쉬었다.

이미 그 죽은 사람들의 기억을 본 유석은 상수가 저러는 이유를 충분히 납득할 수 있었다.

"끔찍했지요."

"네, 말로는 다 표현도 못할 정도더군요. 제우스 이놈들, 하라는 북한 복구는 안 하고 이게 뭐하는 미친 짓거리인지. 다른 요원들도요. 하……."

"다른 요원들도 본 겁니까?"

"네, 욕을 안 하는 사람이 없었어요."

당연히 욕이 나올 수밖에 없는 상황이다. 그것도 납득하며 유석은 다시 말했다.

"이제 본격적으로 뭘 해야 하지 않겠습니까?"

"네, 아직 상부에서는 이걸로도 부족하다는 의견도 있은 모양이지만, 수만 씨가 밀어붙였어요. 일단 여기를 박살 내고 그 잘난 증거라는 걸 확실하게 수습하기로."

"박살 낸다?"

"네."

국정원 입장에서도 상당히 큰 결심을 한 것이었다.

만에 하나 이 작전에 별다른 성과가 없다면 국가기관이 무고한 다국적기업 기지를 박살 낸 셈이다.

그런 식으로 결론이 나 버리면 그 후폭풍은 가히 상상을 초월한 수준으로 불어닥칠 터.

그야말로 엄청난 모험을 하는 셈이었다.

"용케도 그런 결심을 했군요."

"무엇보다 카리스도 여기에 있는 것 같았으니까요."

"카리스… 다들 그놈 얼굴도 본 모양이군요."

"네, 카리스 그자는 어떠한 대가를 치르더라도 반드시 체포하거나 사살해야 할 위험인물이니까요."

"그건 전적으로 동의합니다."

그렇게 말한 유석이 물었다.

"그래, 박살 낸다면 어떻게 하는 겁니까? 군부대로도 몰고 와서 박살 내나요?"

"아무래도 바로 그렇게 하는 건 쉽지가 않을 것 같아서요. 아직까지도 법적으로 적용 가능한 증거가 없는 상황에서 군부대까지 동원하는 건 어려운 일입니다. 사실 수만 씨는 일단 군대를 몰고 와서 증거를 찾자고 하는 입장이던데 군 쪽에서 난색을 표하더군요. 증거가 있어야 움직일 수 있다. 이런 입장이랄까요."

군부대의 입장도 납득이 안 가는 바는 아니었다.

사실 지금 국정원에서 하려는 행동도 상당히 막나가는 행동으로 비쳐질 수 있으니 말이다.

거기에 동조했다가 일이 잘못되기라도 하면 책임자 몇이 목이 날아가는 것으로 끝나지 않을 터.

적극적으로 행동하거나 협조하지 않는다고 그 탓을 하기는 어려운 일이었다.

그러나 가장 위험한 현장에서 일하고 있는 유석의 입장에서는 마냥 이해한다고 팔짱끼고 있기도 어려웠다.

"그러면 어떻게 하라는 겁니까?"

"군부대에서도 마냥 손 놓고 있지는 않는 다더군요. 작전 도중에라도 무언가 확실한 증거 같은 것을 발견하면 작전에 협력하겠다고……."

"결국 문제는 증거다?"

"네, 결국 그렇게 되는 거지요."

"그러면 그 증거를 찾아내야 되겠군요."

"그게 작전의 주요 목적입니다. 당신과 우리들이 일단 작전을 펼쳐서 증거를 찾고, 그걸 알리면 군부대에서 몰려와 나머지를 쓸어버리고 마무리한다. 뭐 이런 작전이지요."

"증거를 찾는다… 하지만 어떻게?"

"나름대로 준비를 했습니다. 일단 D—day를 정해주세요. 유석 씨가 안에 있으니 유석 씨가 편한 날로 정하는 게 좋겠지요."

"D—day를 정하고 나면?"

상수는 잠시 생각을 정리한 뒤 긴 이야기를 했다.

"발전소에 협력을 요청해 일단 전기부터 끊을 겁니다."

"역시 그렇군요. 그다음은?"

"네, 일단 전기부터 끊고 나면 약간의 시간을 벌 수 있을 거예요. 지역 전체가 혼란에 빠지고 CCTV 이런 것들도 모두 활동을 멈추겠지요."

"계속 전기를 끊어서 완전히 무력화 시키는 건? 그러면 작전을 펼치는 것도 편할 것 같은데."

"그건 무리예요. 비상 발전기 같은 게 설치되어 있으니까. 아마 우리 쪽에서 전기를 끊어서 저쪽을 혼란에 빠뜨리고 무력화 시킬 수 있는 건 길어야 몇 분 정도일 겁니다."

"몇 분이라……."

아무리 날고 기는 유석이라도 몇 분 만에 모든 일을 마무리 짓거나 할 수는 없는 일이었다.

고작해야 목적지까지 도달하거나 그 도달하는 길을 찾아내는 정도가 되지 않을까.

"힘든 일이 되겠군요."

유석의 푸념에 상수도 동의했다.

"네, 상당히 힘들겠지요. 특히 당신이요."

"뭐 여기 들어와서 안 힘든 일을 한 적은 없으니. 그래, 전기를 끊고 난 다음 내가 할 일은 뭡니까?"

"아마 폐광 지하 쪽에 그 생체실험실이 있는 것으로 추정되지요. 일단 거기까지 진입해 주세요. 아마 제우스 측에서는 우리가 작전을 시작했다는 사실을 알고 나면 맨 먼저 증거인멸부터 시도할 겁니다."

"그걸 막아야 한다는 것이군요."

"네, 그 생체실험이 벌어지는 지역으로 가서 증거인멸을 막는다. 그게 당신의 임무입니다. 나머지는 외부의 요원들이 맡을 것이고요."

말로는 간단해 보인다.

그러나 이것이 엄청나게 힘든 임무라는 것은 자명했다.

제우스가 바보가 아니라면 그 생체실험이 펼쳐지는 지역 주변에 최고의 경비태세를 갖춰 놓았을 것이다.

그것을 혼자서 뚫고 증거인멸이 이뤄지지 못하도록 지켜야 한다니.

"젠장."

자기도 모르게 유석은 중얼거렸다. 하지만 거부의 뜻을 밝히지는 않았다.

수락의 뜻을 밝히지도 않았지만, 거부의 뜻을 밝히지 않고 잠자코 있는 게 수락의 완곡한 표현임을 상수는 알아보았다.

"사실 보통 사람이라면 혼자서 그런 일을 한다는 건 그야말로 자살행위겠지만… 당신이라면 가능할지도 모르겠군요."

"그렇게까지 사람을 믿어줘서 정말 고맙군요."

"아니, 저는 진심입니다. 당신의 실력에 대해서는 여러 번

들었어요. 그야말로 인간으로서는 할 수 없는 일도 해내는 사람이라고."

확실히 유석이 보통 인간이었다면 여기까지 오기 전에 죽어도 여러 번 죽었을 것이다.

그렇다면 자신을 이런 몸으로 만들어 준 레넌 제국이라는 개자식들에게 아주 조금은 감사를 해야 하는 걸까.

"가능하다면 제대로 된 무기라도 반입해 주고 싶습니다만."

상수의 말에 유석이 고개를 내저었다.

"그건 불가능할 것 같습니다."

"그렇지요."

유석이 쓰는 AA—12를 들여보내는 게 가장 이상적이겠지만 그것은 정말 불가능하다.

폐광의 경비체계가 단체로 망가지지 않는 이상은 그렇게 거대하고 눈에 띄는 자동 샷건을 들여보낼 수는 없는 것이다.

대신 상수는 비닐봉투 하나를 내밀었다.

"꿩 대신 닭이랄까… 이거라도 있으면 나을까 해서요."

"이게 뭡니까?"

"권총입니다."

목소리를 낮춘 상수의 대답을 들으며 유석은 비닐봉지를

열어 보았다.

안에는 손바닥만 한 작은 권총이 하나 있었다.

크기도 미니거니와 몸체가 전부 하얀 플라스틱으로 된 게 꼭 레고로 만들어진 장난감을 연상시켰다.

“이거 장난감입니까?”

“아니요. 엄연히 발사 가능한 실총입니다. 6발이 장전되어 있고요. 주요 부품을 전부 플라스틱으로 만들고 특수 가공을 해서 금속 탐지기에도 절대로 걸리지 않기 때문에 충분히 숨겨 가져갈 수 있을 겁니다.”

“쥐나 잡으면 다행이겠군요.”

“뭐 22구경이니 위력은 그다지 강하다고 할 수 없겠지만… 그래도 총은 총이니 머리나 급소에 맞으면 죽는 건 마찬가지입니다. 물론 방호구가 갖춰져 있지 않다는 전제하에서 말이지만요.”

작전이 시작되면 유석은 적당히 총을 가진 녀석 하나를 골라잡아 그것을 빼앗아서 쓸 생각을 하고 있었다.

지금 받아든 총을 보고 있으니 그렇게 하기로 결정한 게 잘했다는 생각마저 들었다.

대체 이런 장난감 같은 총으로 뭘 제대로 할 수 있겠는가 말이다.

‘뭐 없는 것보다는 아주 조금은 나을라나.’

속으로 중얼거리며 유석은 권총을 몸속에 숨겼다.

가볍고 작은 덕분에 정말 어디에든 숨겨 가지고 들어갈 수 있다는 것 하나는 좋았다.

"그리고 이것도 챙기시지요."

이번에 상수가 내민 물건은 볼펜 몇 자루였다.

생산된 지 수십 년이 지났지만 아직까지도 널리 쓰이고 있는 흔해빠진 모나미 볼펜이었다.

그러나 지금 같은 상황에서 평범한 볼펜 따위를 주지는 않을 것이다.

"이건 뭡니까?"

"섬광탄입니다."

"섬광탄요?"

"네, 초미니, 초경량이지만 효과는 보통 섬광탄과 다를 바 없어요. 아마 도움이 될 겁니다."

섬광탄이라면 순간적으로 엄청난 빛을 폭발시켜 상대의 눈을 멀게 만드는 물건.

국정원에서 훈련을 받을 때 몇 번인가 써 본 기억이 있었다.

제대로 된 무기를 반입하기 어려운 상황에서 이 섬광탄이라도 가지고 가면 도움이 될 것 같기는 하다.

유석은 고맙게 섬광탄을 챙겼다.

"그래, 작전은 언제입니까?"

대충 다 정리되었다 싶어진 유석이 물었다. 상수가 대답했다.

"사흘 뒤."

"확실합니까?"

"확정되면 전화로 연락을 하지요."

"전화로요?"

지금 유석은 휴대폰을 가지고 있었다.

다만 휴대폰이라도 함부로 연락 같은 것을 했다가는 도청이나 추적 등을 당할 것을 염려하여 연락용으로 쓰지 않았을 뿐이다.

"네, 어차피 작전이 시작되면 다 때려 부술 것인데 굳이 숨길 의미가 없겠지요."

"그건 그렇군요."

"그전에 긴급 중지 같은 것을 해야 할 일이 있어도 휴대폰으로 연락하겠습니다. 그러면 어떻게든 그곳에서 빠져나오는 걸 우선으로 하세요."

혹시라도 일이 잘못되면 혼자서 알아서 빠져나오라는 말이다.

무책임하거나 심한 소리로 받아들일 수도 있지만 잠입 수사라는 게 다 그런 것이니 하는 수 없었다.

"알겠습니다."

그리고 사흘 뒤, 걱정했던 작전 긴급 중지 같은 일은 일어나지 않았다.

41장

D-day

"하씨, 저기 생수통 좀 날라줘."

"네."

이제는 하유민이라는 가짜 이름에 의거하여 자신을 '하씨' 라고 부르는 사람들의 호칭에도 꽤나 익숙해졌다.

아이러니하게도 가짜 호칭이 익숙해진 시점에서 이곳을 박살 내야 하는 처지인 유석이었지만 말이다.

'디데이는 아마도 오늘. 휴대폰으로 전화가 오면 즉시 작전에 들어간다.'

겉으로는 아무렇지도 않게 하던 일에 열중하는 유석이었

지만 마음속은 임무 생각으로 가득했다.

이미 마음도, 몸도 준비는 다 된 상태였다.

그 장난감 같은 권총도 몸속에 갈무리해 두었다. 전화가 오면 즉시 움직인다.

아마도 작전은 해가 진 뒤에 시작될 것이라고 했다.

전기를 끊으면서 CCTV는 물론 조명까지 사라지면 그만큼 유석이 활동하기가 편해질 테니 말이다.

그렇다면 아마도 작전은 퇴근 시간 즈음하여 시작될 것이다.

그렇게 예상하면서도 유석은 혹시 변수가 생길 것을 대비하여 마음의 준비를 늦추지 않았다.

시간은 흘러 점심시간도 지나고, 서서히 땅거미가 깔리기 시작했다.

이제 퇴근 시간도 머지않았다.

위이잉.

문득 유석의 품속에서 진동이 울렸다. 바로 휴대폰 진동이었다.

"여보세요."

유석이 전화를 받자 귀에 익은 목소리가 들려왔다.

—예정대로 시작한다.

수만의 목소리였다.

"알겠습니다."

—10분 뒤에 전기를 끊을 예정이다. 괜찮겠나?

"네, 그렇게 하십시오."

—그럼 안에서 보도록 하지.

전화를 끊은 유석은 10분 뒤의 어둠을 기다리며 천천히 소각장 쪽으로 이동했다.

그리고 10분 뒤.

파지직.

전기 소리가 들리는가 싶더니 내부의 조명이 하나둘 꺼지기 시작했다.

"뭐지?"

"정전인가?"

사람들이 우왕좌왕하는 가운데 미리 준비하고 있던 유석은 움직이기 시작했다.

바람처럼 달려가며 갑작스런 정전에 당황한 경비들을 뚫고 소각장 안으로 들어갔다.

생각대로 CCTV 같은 것도 정전으로 작동을 하지 않는 것 같았다.

이미 이렇게 소각장 내부까지 들어온 이상 CCTV가 작동을 하든 안 하든 유석이 수상한 녀석이라는 것을 들키는 일을 피할 수는 없겠지만 들키기 전까지는 비교적 자유롭게 움직일 수 있을 것이다.

그러나 어찌 되었든 유석이 CCTV에 찍히는 순간 내부 경계가 강화될 것은 불을 보듯 뻔한 일이다.

CCTV가 작동하기 전에 최대한 깊숙이 들어가는 게 중요했다.

"@#$%@%$@#%."

"@#$%@#$%%."

당연히 소각장 내부에도 경비들이 여럿 있었다.

외부에는 한국인들이 대부분인 것과 달리 내부 경비는 외국인들이 더 많았다.

외모도 서양 쪽이 주류를 이룰뿐더러 자기들끼리 떠드는 소리도 죄다 영어였다.

대충 들어보니 갑작스러운 정전 사태에서 혼란에 빠져 뭐라 하는 것 같았다.

"#$·%#$·%#$·%."

경비 중에서 높은 녀석으로 보이는 사람이 등장해 뭐라 말하기 시작했다.

곧 비상 전원 같은 게 작동할 테니 너무 혼란스러워 하지 마라.

아마 이런 말을 한 것 같았다. 그러자 유석은 더 서둘렀다.

비상전원이 들어오면 조명뿐만이 아니라 CCTV 같은 경비체계도 다시 작동을 할 확률이 높다.

그전까지 최대한 일을 진행시켜야 했다.

한참 안으로 들어가던 유석은 전방에 경비 두 명이 눈을 부릅뜨고 서 있는 게 보였다.

정전의 혼란 속에서도 조금도 당황하거나 하지 않고 경비 태세를 유지하고 있는 게 꽤나 제대로 배운 녀석들인 듯했다.

비록 어둡지만 저 둘의 눈을 피해 더 안으로 들어가는 것은 불가능할 것 같았다.

그렇다면 유석은 차라리 이것을 기회로 삼기로 했다.

'어차피 한바탕 해야 할 것 같은데 그러면 무기가 있어야지.'

속으로 중얼거리며 유석은 갑자기 모습을 드러냈다.

"What……."

퍼억!

경비가 무어라 외치려 했지만 유석의 주먹이 더 빨랐다.

한 방으로 경비 한 명을 기절시킨 유석은 자신에게 총을 들이대려던 다른 경비의 복부에 무릎을 꽂아 넣었다.

"……!"

경비 두 명이 제대로 소리조차 못 내고 기절해 버렸다. 유석은 휴대폰 광원에 의지하여 그들의 장비를 살펴보았다.

권총, 라이플, 탄창 몇 개.

챙길 만한 것은 제법 풍부했다.

유석은 권총과 라이플에 탄창까지 챙긴 뒤 더 안으로 들어갔다.

'그러니까 그 실험실이라는 곳으로 가려면 여기서 이렇게 가면…….'

자세히는 몰라도 대충은 길을 알고 있는 유석이었다.

그 죽은 사람의 기억에서 읽어낸 정보를 토대로 이 지역의 예상 경로를 대강이나마 만들어 유석에게 알려주었던 것이다.

물론 죽은 사람들이 이 지역의 자세한 지도 같은 것은 알 턱이 없었기에 말 그대로 참고용에 불과했다.

보다 자세한 경로는 유석이 직접 부딪치며 알아내야 했다.

'젠장. 막혔군.'

정보가 불명확하니 눈앞에 막다른 길이 나타나도 하는 수 없는 일이었다.

그렇게 몇 차례나 반복했을까, 마침내 유석의 눈에 낯익은 길이 펼쳐졌다.

'여긴?'

그 죽은 자들의 기억에 남아 있던 곳.

눈앞에 펼쳐진 길에서 직진해서 들어가면 그 실험실이라는 곳이 나올 것이다.

'찾았군.'

생각하며 유석은 다시 움직이려 했다.

바로 그때였다.

파지직 소리가 들리는가 싶더니 주변 조명이 일제히 들어오기 시작했다.

'정전이 끝났나?'

아무래도 유석의 생각대로인 모양이었다.

일단 유석은 주변 상황을 파악하기 위해 몸을 숨겼다.

—갑작스러운 정전으로 다소 혼란이 있었지만 지금 비상발전기를 가동시켰습니다. 직원 분들은 안심하고 근무해 주시기 바랍니다.

—%·#$·%#$%·#$·%#$·%…….

한국말과 영어로 된 방송이 번갈아 나왔다.

이 상황에서 어떻게 해야 하는가.

유석은 몸을 숨긴 채 잠시 고심했다. 그런데 미처 고심이 끝나기도 전에 일이 터졌다.

삐익! 삐익! 삐익!

비상벨이 울리기 시작하며 순식간에 내부가 비상체제에 돌입한 것이다.

놀란 유석은 어찌 된 일인지 생각해 보았다. 답은 하나밖에 없었다.

'쓰러뜨렸던 그놈들이 발견된 것인가!'

두 명을 쓰러뜨린 뒤 나름대로 숨긴다고 구석에 처박아 두었는데 그들이 생각보다 빨리 발견된 모양이었다.

그게 아닌 다음에야 이렇게 유석의 침입을 빨리 인지하고 경보를 울릴 이유가 없었다.

이어 영어로 된 방송이 시끄럽게 이어졌다.

내부에 침입자가 발생했으니 빨리 잡으라는 식으로 말하는 게 분명했다.

"빌어먹을."

오늘 소각장 안으로 들어온 뒤 처음으로 유석이 입을 열었다.

조금 더 오랫동안 은밀하게 행동할 수 있기를 바랐는데 일이 이렇게 되어버렸다.

길게 생각할 시간도 없었다.

이제 어떻게 해야 하는가.

짧은 시간 동안 필사적으로 머리를 굴린 유석은 결정을 내렸다.

'여기 오래 있어 봤자 아무것도 안 된다. 이왕 내 존재를 들켰다면 위험해도 최대한 서두르는 수밖에!'

생각을 마친 유석은 곧장 움직이기 시작했다.

전방에 CCTV가 보이는데도 숨거나 피하지 않고 그대로 돌파했다.

—침입자 발생! 4구역에서 침입자 발생!

이제는 한국말로 된 방송도 나와 유석의 침입을 알렸다.

4구역이라, 내가 막 CCTV에 찍힌 이곳을 말하는 것인가.

속으로 중얼거리며 유석은 권총을 빼 들고 움직였다.

오래잖아 몇 명의 무장 경비가 전방에서 등장해 가로막으며 외쳤다.

"멈춰라!"

한국말을 쓰는 걸 보니 한국인 경비들인 모양이었다.

물론 이 자리에서 한국인을 만나게 되었으니 기쁘다는 한가한 반응을 보일 때는 아니었다.

유석은 경비들의 말을 듣고 멈추기는커녕 더욱 빨리 달려갔다.

유석이 자신들의 말을 들을 뜻이 조금도 없다는 것을 확인한 경비들은 총으로 화답해 주려고 했다.

휘익!

문제는 그들이 총을 겨누었을 때 이미 유석의 손발이 그들을 덮쳤다는 것이다.

폭풍처럼 쏟아진 유석의 공격에 곧 경비들은 모두 바닥에 널브러지는 신세가 되어버렸다.

"총 안 맞은 것을 다행으로 알라고."

나지막히 중얼거리며 유석은 계속 움직였다.

머릿속에 저장된 정보에 의하면 이제 조금만 더 가면 실험실이 나온다.

"……!"

달려가던 유석은 문득 전방에서 살기를 느꼈다.

그 직후 한 무리의 경비가 등장해 유석에게 총을 쏘기 시작했다.

탕탕탕!

아슬아슬하게 몸을 피한 유석은 새삼 자신이 방탄복을 입고 있지 않다는 깨달았다.

아무리 강철 같은 몸을 가진 유석이지만 당연히 총알을 버텨낼 만큼 강하지는 않다.

총에 맞으면 관통될 것이고, 급소에 맞으면 그대로 사망할 것이다.

지금은 이제까지 거쳐 온 수라보다도 더욱 몸조심을 해야 하는 상황이었다.

"후우……."

유석은 몸을 숨긴 채 정신을 집중시켰다.

잠시 기다리자 날아오는 총탄세례가 좀 줄어들었다. 누군가 총을 재장전하는 중인 듯했다.

슬머시 눈을 내밀어 상황을 파악한 유석은 조용히 총을 내밀고 방아쇠를 당겼다.

타앙!

"커억!"

몇 발의 총성과 함께 한 경비가 피를 흘리며 쓰러졌다.

동료 한 명이 쓰러졌지만 다른 경비들은 별로 동요하거나 하는 기색도 없이 계속 사격을 퍼부었다.

때문에 유석은 하마터면 한 발 맞을 뻔했다.

"하는 수 없군."

중얼거리며 유석은 품에서 볼펜 하나를 꺼냈다. 아니, 볼펜으로 위장된 섬광탄이다.

사격이 수그러들기를 기다려 유석이 섬광탄을 전방을 향해 내던졌다.

자그마한 플라스틱 육각기둥에 감싸여진 섬광탄은 총탄의 세례를 뚫고 경비들의 근처에 착지했다.

퍼엉!

폭발음이 울려 퍼졌다.

폭발로 상대를 살상하는 무기는 아니라 폭발음은 그렇게 크지 않았다.

진짜는 폭발이 아니라 그 직후 터져 나온 눈부신 빛이었다.

눈부시다 못해 잠시나마 눈을 멀게 만드는 빛의 세례에 경비들을 모두들 비명을 내질렀다.

"으윽!"

"Fuck!"

물론 섬광탄을 던진 장본인인 유석은 시선을 돌리고 있었기에 무사했다.

그렇게 경비들의 시야를 차단한 유석은 곧장 달려들어 경비들을 때려눕혔다.

다섯 명가량의 무장경비가 한순간에 모두 제압당했다.

"이 방탄조끼는 나한테 맞는 것 같군."

어차피 들켜서 상당히 격렬한 전투를 벌여야 하는 상황.

아무래도 방탄조끼 정도는 입는 게 나을 것 같다.

유석은 경비에게서 방탄조끼까지 빼앗아 걸치고는 계속 움직였다.

가다 보니 전방에 실험실로 추정되는 문이 보였다.

어쩌면 저 안에 카리스가 있을지도 모른다.

아니라도 무언가 제우스의 범죄를 증명할 증거는 분명 있을 것이다.

'어느 쪽이든 박살을 내버리겠어.'

다짐하며 유석은 실험실 안으로 짓쳐 들어갔다.

*　　　*　　　*

"좀 소란스럽지 않소?"

실험체들을 가지고 실험에 열중하던 중 문득 카리스가 말했다.

옆에 있던 벤도 생각이 비슷했다.

"그러게 말이야. 무슨 일이 벌어진 건가?"

모든 실험이 다 그렇듯 지금 하고 있는 생체실험도 집중이 필요한 일이다.

웬만한 일이라면 이곳까지 소란스러움이 전달될 리가 없었다.

무언가 심상찮은 일이 벌어졌다.

직감한 카리스였지만 혼자서 확인을 할 수는 없었다.

제우스에서 카리스에게 외부와 연락이 가능한 연락수단 같은 것은 허락하지 않은 탓이었다.

"알아봐야 하지 않겠소?"

그래도 벤은 카리스의 말을 금방 알아들었다. 곧 휴대폰을 꺼내 어디론가 연락을 했다.

"그래, 나다. 뭔가 시끄러운 것 같은데 무슨 일이라도 생긴 건가?"

이야기를 듣던 벤의 얼굴이 점점 굳어져 갔다.

"…뭐라고?"

벤이 무슨 이야기를 듣고 있는지는 알 수 없다.

하지만 지금 이야기하는 말투나 표정만 봐도 심상찮은 일이 벌어졌다는 것은 충분히 알 수 있었다.

그 광경을 보며 카리스는 나름대로 생각에 잠겼다.

'무슨 일이 생긴 것은 틀림없는 것 같군. 그것도 저자가 저렇게 심각해질 정도면 보통 일은 아닐 터. 그렇다면 어쩌면 이것을 기회로 이용할 수도 있겠지만…….'

하지만 카리스의 계획을 지금 실행에 옮기기에는 커다란 문제가 하나 있었다.

카리스는 자신이 차고 있는 목걸이를 만지작거렸다.

'아니, 아직 이 물건에 대해 완전히 알아내지 못했다. 이런 물건 따위에 내 목숨을 걸 수는 없지 않은가.'

결국 카리스는 하려던 행동을 멈췄다.

대신 아무렇지도 않은 듯 마침 통화를 끊은 벤에게 물었다.

"대체 무슨 일이오?"

벤이 굳은 얼굴로 대답했다.

"침입자다."

"뭐요? 침입자?"

카리스가 알기로 이 실험실 주변은 어지간한 침입 따위는 허용하지 않는 철저한 경비태세가 갖춰져 있었다.

그런데 저렇게 벤의 얼굴이 굳어질 정도면 침입도 보통 침입이 아닐 것이다.

"뭔가 사태가 심각한 것이오?"

"그러니까……."

벤의 말을 다 들은 카리스의 표정도 심각해졌다.

* * *

실험실 안에 들어온 유석이 처음으로 본 것은 무기를 들고 서 있는 경비들과 하얀 가운을 걸친 과학자, 의학자들이었다.

그들 모두 유석을 보고는 놀란 표정을 감추지 않았다.

경비들은 말은 필요 없다는 듯 바로 유석에게 총을 겨누고 방아쇠를 당겼다.

쏟아지는 총탄들을 피하며 유석도 섬광탄을 꺼내 던졌다.

섬광탄은 유석을 향해 날아가는 총탄들을 지나쳐 경비들의 앞에 떨어졌다.

타타탕!

펑.

총성과 폭발음이 뒤섞여 울려 퍼졌다.

동시에 눈부신 빛이 쏟아지며 미리 시선을 피한 유석을 제외한 모두가 그 빛을 보고야 말았다.

"으악!"

지나치게 밝은 빛에 시력을 빼앗긴 사람들이 비명을 질렀다.

그 틈을 타 유석은 경비들에게 사격을 가했다.

하나하나 때려 쓰러뜨릴 시간이 없어 모두들 쏴 버리는 길을 택한 것이다.

그나마 사살하지 않고 팔다리를 맞춰 쓰러뜨리는 선에서 끝낸 것도 유석이 나름대로 자비를 베푼 것이었다.

그렇게 무장 경비들을 쓰러뜨린 뒤에야 유석은 실험실 내부를 좀 더 자세히 볼 수 있었다.

내부 풍경은 어떤 의미로는 기대를 배신하지 않았다.

구석에 철창이 몇 개 놓여 있었는데 그 안에는 반나체로 갇혀 있는 사람들이 보였다.

핼쓱한 낯빛에 옷도 제대로 차려입지 못하고 철창 안에 갇혀 있다는 것만으로도 저 사람들이 어떤 이유에서든 불법 감금을 당하고 있다는 것은 의심할 여지가 없었다.

거기에다 개중에는 팔이나 다리에 사슬을 찬 사람도 있었고, 몸 어딘가에 부자연스러운 변형이 일어난 사람도 있었다.

심지어 사슬로 포박된 데다가 부자연스러운 변형까지 일어난 심각한 상태에 빠진 사람도 있었다.

이곳이 설사 형무소라고 해도 사람을 저렇게 가두어 놓아서는 안 되는 것이다.

이 실험실이야말로 자신들이 찾던 그 증거다.

그 사실을 확신한 유석은 과학자들에게 총을 겨누며 말했다.

"모두들, 꼼짝 마."

방금 전 경비들을 쏘았던 그 총을 겨누며 협박을 하니 힘없는 과학자들이 반항을 할 수가 없었다

모두들 덜덜 떠는 가운데 한 과학자가 나서 물었다.

"왜, 왜 이러시오?"

제우스가 다국적기업이라 그런지 이 자리의 과학자들 역시 여러 나라의 사람이 뒤섞인 모양새였다.

지금 나선 사람은 외모도 동양계고 말투도 유창한 한국말인 게 한국 사람인 듯했다.

유석도 일단 대화를 받아주었다.

"너희가 더 잘 알 텐데."

"잘 알다니? 무슨 소리요?"

"저기 갇혀 있는 사람들 말이야."

"저, 저 사람들은……."

과학자는 무어라 변명을 하려 한 모양이었지만 눈앞에 총구가 겨눠진 탓인지 제대로 입을 열지 못했다.

사실 총이 없더라도 제대로 변명을 하기는 힘든 일이었다.

대체 무슨 명분이 있어야 사람들을 저렇게 비인간적인 모

습으로 철창 안에 가둔 게 정당화될 수 있다는 말인가.

할 말을 찾지 못하는 과학자의 모습에 유석은 냉소를 지으며 말했다.

"내가 왜 왔는지, 너희가 무슨 잘못을 했는지는 굳이 설명할 필요도 없는 것 같군."

"……."

"아무튼 지금은 내가 시키는 대로 할 것. 일단 너희 중 몇 명이 저기 쓰러진 녀석들을 저기 연구실 입구 쪽에 쌓아 놔. 쓰러진 녀석들로 문을 막으라는 말이야."

"그게 무슨?"

"들은 그대로 실행에 옮기면 돼. 혹시 도망치면 그 즉시 총알이 날아갈 테니 허튼짓은 하지 않는 게 좋을 거야. 지금 바로 실시."

"…알겠습니다."

곧 과학자는 동료들에게 유석의 말을 전했다.

이야기가 제대로 전해진 것인지 과학자 여럿이 일어나 유석이 시킨 대로 쓰러진 경비들을 출입구 쪽으로 옮기기 시작했다.

일단 유석은 이곳에서 버틸 생각이었다.

이 실험실과 저기 갇혀 있는 사람들이야말로 그토록 찾던 확실한 증거이자 증인이 될 터이니 말이다.

저들을 데리고 자리를 옮기는 것은 너무나도 위험부담이 크다.

그렇다고 저들을 놔두고 혼자만 움직였다가는 자칫 기껏 찾은 증거와 증인들을 모조리 증거인멸 당하는 꼴이 될 수도 있다.

생각 같아서는 당장 카리스가 있는지 다른 곳을 샅샅이 뒤지고 싶었지만 차마 갇힌 무고한 사람들을 버리고 갈 수는 없었다.

일단 지원군이 올 때까지 포로로 잡은 과학자, 경비들과 함께 이 실험실을 사수할 생각이었다.

저기 갇힌 사람들을 지키면서 말이다.

"이미 말했지만 허튼 짓을 하려 들면 바로 머리를 날려 버리는 수가 있어. 빨리빨리 시킨 대로 움직여."

유석은 총을 겨눈 채 과학자들을 재촉했다.

한국인을 제외한 다른 과학자들에게도 유석의 말이 통하는지는 알 수 없었지만, 그래도 총을 들이대며 하는 협박은 말이 통하든 안 통하든 효과 만점이었다.

그렇게 실험실 문 앞에 쓰러진 경비들로 채워진 인간 바리케이트가 만들어졌다.

이렇게 하면 제우스 측에서도 설마 곧장 다 박살 내거나 하지는 못 할 것이다. 아마도.

과학자들이 임무를 완수하자 유석은 그들을 실험실 구석에 모았다.

그리고는 다시 실험실 안을 둘러보았다.

각종 실험도구와 컴퓨터, 사람을 구속하는 데 썼을 구속 도구와 곳곳에 있는 커다란 철창들.

그런데 실험실 구석에는 이상하게 튼튼한 철창이 하나 있었다.

철창 안에는 어떠한 조명도 없어서 안이 잘 보이지 않았다.

눈을 가늘게 뜨고 살펴 본 유석은 뒤늦게 철창 안에 있는 것의 정체를 알아보았다.

"저건……?"

사람? 짐승?

유석이 아는 어떠한 단어로도 표현하기가 힘든 무엇인가였다.

굳이 표현하자면 괴물이라고 할까.

일단 사람처럼 이족보행을 하는 동물 같기는 했다.

문제는 키가 3미터도 넘어 보이는 데다 온몸이 근육과 털로 울퉁불퉁한 괴이한 생김새를 가졌다는 점이었다.

"이봐. 저게 뭐지?"

유석은 말이 통하는 한국인 과학자를 불러 물었다.

과학자는 우물쭈물 대답을 하지 못했다. 유석이 다시 대답을 재촉했다.

"저게 뭐냐고 물었다."

"그게……."

대답을 주저하는 과학자의 언동에서 유석은 왠지 대답을 알 것만 같았다.

"너희가 만들었나?"

"……."

"사람을 가지고 만든 거냐? 사람을 가지고 이리저리 실험을 하고 개조를 하고 그런 식으로 만든 거냐고 묻고 있다."

"……."

부정의 침묵이 아니라 긍정의 침묵이다.

그 사실을 깨달은 유석의 표정이 일그러졌다.

"개새끼들."

"……."

욕설에도 과학자는 한마디 입도 벙긋하지 못했다.

자신들이 개새끼 소리를 들어도 할 말이 없는 짓을 했다는 것을 새삼 자각했기 때문일까. 아니면…….

"지, 지금은 안전합니다."

"뭐?"

난데없는 소리에 유석이 물었다. 과학자는 뭔가를 결심한 듯 술술 불었다.

"저 괴물은 상당히 위험한 존재였습니다. 사실상 실패작으로 생각하고 있었지요. 그래도 지금은 제대로 진정을 시킨 상태라 안전합니다. 의식은 있지만 매우 온순한 상태라고 할까요."

유석의 얼굴이 일그러졌다.

"실패작? 사람을 가지고 저렇게 만들어놓고 실패작?"

"아니, 제 말은 그러니까……."

"썩어빠진 놈들."

그래도 온순하다고 하니 좀 더 상태를 자세히 살피고 싶다는 생각도 들었다.

단순한 호기심이 아니라 지금 같은 상황에서는 저런 괴물이라는 표현이 어색하지 않은 존재에 대해 좀 더 알 필요가 있을 것 같았다.

"저 사람들을 어떻게 원래대로 돌려놓을 수는 없는 건가?"

"그건 저희도 잘……."

"빌어먹을."

중얼거리며 유석은 우리로 다가갔다.

아마도 생체실험으로 인해 인간이 어떤 변이를 일으켜 탄생했을 이름 없는 존재.

생긴 것만 보면 과학자가 부르는 것처럼 괴물이라고 불러도 무방할 듯했다.

그러나 죄 없는 사람이 저렇게 변했다고 생각하니 차마 괴물이라 부를 수가 없었다.

그 이름 없는 존재는 유석이 다가가도 정말 얌전히 있었다. 마치 약물에 취해 잠든 듯, 아무런 반응도 없었다.

"……."

뒤늦게 유석의 존재를 눈치챘는지 이름 없는 존재가 천천히 눈을 떠 유석을 바라보았다.

이름 없는 존재의 눈을 마주한 순간, 유석은 등골을 타고 올라오는 냉기를 느꼈다.

위험하다.

본능이 그렇게 경고를 하고 있었다.

철컹.

갑자기 쇳소리가 울렸다.

무슨 일이라는 말인가.

당장 보기에는 무슨 일이 벌어진 것인지 쉽사리 알 수가 없었다.

그러나 이름 없는 존재가 몸을 일으켜 우리 문을 향해 다가오는 순간, 유석도 무슨 일이 벌어진 것인지 깨달았다.

잠겨 있었을 우리 문이 열린 것이다.

42장

혈투

갑작스레 우리 문이 열렸다는 사실을 깨달은 유석의 시선이 과학자들을 향했다.

직접 문을 흔들어 확인해 본 것은 아니지만 분명히 잠겨 있었을 우리 문.

그것이 이유도 없이 열렸을 리가 없었다.

"이게 무슨……."

과학자 쪽을 돌아본 유석은 과학자가 손에 숨기고 있는 물건을 목격했다.

작은 리모콘같이 생긴 물건.

이 상황에서 저 리모콘이 대체 무슨 용도인지는 어렵잖게 짐작할 수가 있었다.

"지금 이 문을 연 거냐?"

"아니, 그, 그게……."

과학자는 리모콘을 쥔 손을 뒤로 숨기며 고개를 내저었다.

사실상 입으로만 부정할 뿐 '내가 했습니다' 라고 자백하는 것과 크게 다를 바 없는 행위였다.

유석은 총을 들이대며 자세한 것을 물으려고 했다. 하지만 그럴 여유가 없었다.

"크으으으……."

우리에서 신음 소리가 들리는가 싶더니 이름 없는 존재가 우리 밖으로 나오려는 것이었다.

저것이 밖으로 나오면 상당히 곤란한 일이 생긴다. 본능적으로 깨달은 유석은 일단 우리 문을 닫았다.

잠그려고 해도 어떻게 잠가야 할지 몰라 힘으로 버티는 수밖에 없었다.

"크악!"

콰앙!

외침과 함께 이름 없는 존재가 몸으로 우리 문을 밀쳤다.

유석이 힘을 다해 닫고 있던 우리 문이 순식간에 열렸다. 그 여파로 유석의 몸이 몇 발이나 뒤로 날아갔다.

"크윽, 아니?"

유석은 놀라움을 감추지 못했다. 지금 분명 힘에서 완전히 밀린 것이다.

저 이름 없는 존재가 엄청난 덩치를 자랑하는 근육질이기는 했어도, 유석 또한 보통 사람을 아득히 뛰어넘는 힘의 소유자다.

힘에서 크게 밀릴 것이라고는 생각하지 않았는데, 지금은 분명 힘에서 완전히 밀려 버렸다.

그래도 정신을 차리고 우리 문을 닫으려 한 유석이었지만 이름 없는 존재가 더 빨랐다.

놀랄 만큼 날랜 움직임으로 우리 밖으로 나와 버렸다.

"저놈을 죽여라!"

과학자가 외쳤다.

이로써 우리 문을 연 것은 과학자고, 저 이름 없는 존재를 시켜 유석을 죽이는 걸 노렸다는 게 명백해졌다.

"저놈들이……."

생각 같아서는 당장 과학자의 머리에 총탄을 선물해 주고 싶었다.

하지만 유석의 시선은 성질을 긁는 과학자가 아닌, 이름 모를 존재를 향했다.

의도한 게 아닌 본능에 따른 것이었다.

위험한 존재다.

정말로 위험한 존재다.

본능은 당장 저 이름 모를 존재를 향해 총탄을 박아주라고 말하고 있었다.

이성으로 본능을 제지하며 유석은 마른침을 삼켰다. 몸이 먼저 긴장을 하고 있었다.

이름 모를 존재가 유석을 바라보며 낮게 으르렁거렸다. 유석은 긴장한 채로 총을 겨누었다.

아무리 동정이 가는 상대라도 저렇게 위험해 보이는 상대가 달려든다면 사살이 아니라 제압을 위해서라도 방아쇠를 당겨야 했다.

그런데 이름 모를 존재는 유석을 바라보다 시선을 돌렸다.

바로 과학자 쪽이었다.

"저, 저놈을 죽이라니까!"

이런 과학자의 외침 소리를 들은 이름 모를 존재의 눈빛에 살기가 어렸다.

순간 유석은 그 살기가 향한 쪽을 눈치챘다.

"저놈들에게……."

살기는 자신이 아니라 과학자들을 향하고 있었다.

원한과 분노, 증오가 뒤섞인 강렬한 살기가 느껴졌다.

여러 가지로 끔찍한 일들을 겪은 분노 탓일까.

그렇다면 이해가 되고도 남을 일이기는 했다.

하지만 저 과학자들을 무작정 죽이도록 내버려 두는 건 곤란했다.

"이봐. 네가 열 받은 건 알겠지만 저것들은 중요한 증인일 수도 있거든. 그러니 일단 진정해."

알아듣는지 모르겠지만 일단 유석은 말로 어떻게 해보려 했다.

하지만 이름 모를 존재는 유석조차 제지하지 못할 속도로 과학자들에게 달려들었다.

"으, 으아악!"

"사, 살려줘!"

비명이 과학자들의 유언이 되었다.

유석과 대화를 나누던 과학자가 가장 먼저 온몸이 갈기갈기 찢어진 고깃덩이가 되어 흩어졌다.

말 그대로 순식간에 벌어진 일이었다.

"젠장."

중얼거리며 유석은 방아쇠를 당겼다.

총구는 이름 모를 존재의 다리를 향했고, 조준은 정확했다.

그런데 분명 총탄이 제대로 조준되어 날아갔음에도 불구하고 이름 모를 존재는 끄덕도 하지 않았다.

"Help!"

"으아아악!"

이름 모를 존재는 자신에게 총을 쏜 유석을 공격하는 대신 계속해서 과학자들을 도륙내기 시작했다.

과학자들은 영어로 도움을 요청하거나 의미가 없는 비명을 내지르다 하나하나 죽어갔다.

유석도 그 광경을 보고만 있지는 않았다.

탕탕탕!

몇 차례나 사격을 가했지만 이름 모를 존재는 끄덕도 하지 않는 것이었다.

처음에 유석은 총이 잘못된 줄 알았다.

자신의 조준은 정확했고 총구에서도 불이 뿜어져 나오는데 저 이름 모를 존재는 끄덕도 하지 않으니 말이다.

그러나 총이 잘못된 것은 아니었다.

총탄은 분명 제대로 날아가 명중했다.

그저 저 이름 모를 존재에게 총탄이 통하지 않았을 뿐이다.

'총을 맞고도 끄덕도 하지 않다니……?'

지금 유석이 가진 라이플은 5.56㎜다.

가끔 대인 저지력이 떨어지니 어쩌니 하는 소리를 듣는 탄이라고는 하지만 그래도 라이플 탄이니 위력이나 관통력이나 무시할 수 없다.

한데 저 이름 모를 존재는 방탄조끼 같은 것을 입은 것도 아니고 맨몸에 맞았는데도 불구하고 끄덕도 하지 않았다.

바닥에는 저 이름 모를 존재의 몸을 관통할 예정이었던 총탄 조각들이 나뒹구는 게 보였다.

그저 피와 살로 된 맨몸인데도 라이플탄이 저 몸뚱이를 뚫지 못하다니.

피부와 근육이 강철로 된 것이 아닌 다음에야 도저히 믿을 수가 없는 일이었다.

그러나 믿을 수 없는 일이라지만 분명한 현실이었다.

총에 맞아도 끄덕없는 자를 도대체 어떻게 막을 수 있다는 말인가.

놀라워하고 고심하는 사이 과학자들은 한 명도 남지 않고 모조리 살해당했다.

뼈도 못 추릴 정도로 박살이 나 흩어져 버렸다.

"크르르……."

낮게 울부짖으며 이름 모를 존재는 유석 쪽으로 시선을 돌렸다.

자신에게 총격을 가한 복수심 때문일까, 아니면 그저 눈에 띄는 놈을 모조리 찢어발기겠다는 야성 때문일까.

어느 쪽이든 이름 모를 존재는 유석을 다음 먹잇감으로 점찍은 것은 분명해 보였다.

'빌어먹을. 어떡하지?'

아무리 유석이라도 저 괴물 같은 녀석과 정면으로 싸우는 건 쉽지 않을 것 같았다.

총을 맨몸으로 받아도 끄덕이 없는 괴물이니 말이다.

그러나 상대하기가 어려울 것 같다고 도망치거나 물러가자니 그것도 문제였다.

과학자들이야 모두 죽었으니 어쩔 수 없다고 해도 이곳에는 아직 죄 없는 사람들이 여럿 우리에 갇혀 있다.

저 이름 모를 존재를 가두었던 우리와는 달리 다른 사람들이 갇혀 있는 우리는 보통 철창에 지나지 않았다.

솔직히 유석도 힘으로 어떻게 할 수 있을 것 같았다.

그렇다면 자신이 그냥 도망치면 저기 갇힌 사람들은 저 이름 없는 존재에 의해 살해당하거나 하지 않는다고 보장할 수 있을까.

대답은 '아니오' 였다.

"하는 수 없군."

인간의 도리를 봐서라도, 임무를 생각해서라도 그냥 내뺄 수가 없었다.

저기 우리에 갇힌 사람들은 인간이며 중요한 증인들이었으니 말이다.

물론 우리를 부수고 알아서 도망치게 해준다는 선택지도 있었지만, 그렇게 한다고 해도 척 봐도 엄청나게 쇠약해진 저

들이 무사히 도망칠 수 있으리라는 보장이 없었다.

사실 열쇠도 없는 상황에서 저 사람들이 갇힌 우리를 부수고 어쩌고 할 만큼의 시간적 여유가 있을지부터가 의심스러웠고 말이다.

유석은 라이플을 겨눈 채 이름 모를 존재를 응시했다.

이름 모를 존재도 살기 어린 눈으로 유석을 응시했다. 그렇게 몇 초의 시간이 흘렀다.

“크악!”

외침과 함께 이름 모를 존재가 유석에게 달려들었다.

유석은 라이플의 방아쇠를 당기며 몸을 피했다.

‘빌어먹을. 역시 통하지 않는군.’

유석의 생각대로 라이플은 이번에도 통하지 않았다.

몇 발인가 이름 모를 존재의 팔이나 몸뚱이에 명중했는데도 말이다.

그나마 총을 쏘면서 몸을 피한 덕분에 이름 모를 존재의 돌격에 휘말리지 않은 게 다행이었다.

“이럴 줄 알았으면 내 총을 가져오는 건데.”

기가 막힌 유석이 실없는 소리를 했다.

내 총은 물론 유석의 주무기인 AA-12를 말하는 것이었다.

슬러그 탄을 자동발사로 쏟아부으면 저 괴물 같은 녀석도 어떻게 할 수 있지 않을까 하는 생각이었다.

하지만 지금으로서는 어떻게 할 방법이 없었다.

오직 가진 것만 가지고 적을 물리치는 것밖에는.

"캬아악!"

다시 이름 모를 존재가 달려들어 왔다.

엄청난 기세와 속도로 달려오는 게 전력 질주하는 트럭을 마주하는 기분이었다.

유석은 다시 방아쇠를 당기며 몸을 피했다.

일단 계속해서 총격을 가하면서 약점 같은 곳을 찾아 볼 생각이었다.

타타탕!

"크으으……."

그래도 계속 총탄을 맞다 보니 이름 모를 존재도 얼굴을 일그러뜨리며 신음 소리를 냈다.

아무리 총탄에 맞아도 관통되지 않고 버틴다고 해도 총탄의 운동에너지 자체는 무시할 수 없을 것이다.

여러 방 맞히면 움찔거리게 하거나 움직임을 늦추는 효과는 분명 있었다.

'응?'

이대로 계속 가려던 유석이었지만 난관에 빠졌다. 바로 총탄이 바닥난 것이다.

본래 맨몸이나 다름없는 상태에서 들어와 무기에 탄약까지 현지조달을 하다 보니 넉넉한 양을 가질 수는 없는 일이었다.

"이런……."

그런 유석의 당혹스러움을 이름 모를 존재는 놓치지 않았다.

"캬아아악!"

괴성과 함께 다시 유석에게 달려들어 왔다.

총탄이 없는 총은 몽둥이에 불과하다.

"칫!"

하는 수 없이 유석은 총을 들어 자신을 향해 날아오는 주먹을 받아냈다.

유석의 총은 상당히 튼튼한 편에 속하는 라이플이었다.

그러나 이름 모를 존재의 주먹 한 방에 우그러지다 못해 두 동강이 나 버렸다.

"크윽!"

그걸로도 모자라 주먹은 고스란히 유석이 몸에 틀어박혔다.

유석의 몸이 몇 미터나 뒤로 날아갔다.

"뭐 이런 힘이……."

지금 유석은 경비에게 빼앗은 방탄조끼를 입고 있는 상태.

그것도 그저 옷감으로 된 방탄조끼가 아니라 세라믹 판이 들어 있는 고강도 방탄조끼다.

그런데 저 괴물의 공격을 받자 무사하지 못했다.

맞은 곳이 욱신거리는 게 타박상을 입은 듯했다.

총으로 막고, 방탄조끼로 막았는데도 이런 데미지라니.

만약 둘 다 없었거나 하나라도 없었다면 훨씬 큰 상처를 입었을 것이다.

그야말로 무시무시한 괴력이었다.

유석은 맨몸으로 저 이름 모를 존재와 맞받아치는 것은 무모하다는 사실을 직감했다.

"어디 무기가……."

다행히 실험실 안에는 무기로 쓸 만한 게 여럿 보였다.

유석은 자신을 향해 날아온 발길질을 피하며 바닥에 떨어진 메스를 집었다.

휘익!

다시 이름 모를 존재의 팔이 날아왔다.

간발의 차로 공격을 피한 유석은 메스를 그대로 이름 모를 존재의 팔에 꽂아 넣었다.

쨍그랑!

쇳소리와 함께 메스가 두 동강이 났다.

부러진 메스의 끝은 이름 모를 존재의 팔 근육에 몇 ㎜ 정도 틀어박혔다 이내 바닥에 떨어졌다.

아무래도 날붙이 같은 것으로는 저 괴물을 상대하는 게 불가능할 것 같았다.

베거나 관통시키는 게 안 된다면 충격을 주는 것은 어떨까.

확실히 옛날에도 튼튼한 갑옷을 입은 상대에게 창칼은 잘 통하지 않았지만 철퇴나 망치 같은 무기로 충격을 입히는 건 잘 통했다는 글을 어디서 본 적이 있었다.

그것을 떠올린 유석은 실험실 구석에 나뒹굴던 쇠지렛대를 집어 들었다.

ㄱ자로 굽혀진 날카로운 끄트머리가 특징으로 현장에서는 흔히 '빠루' 라고 불리는 물건.

대체 무슨 용도로 실험실에 쇠지렛대가 있는지는 의문이었지만 아무튼 매우 튼튼한 물건이라는 것은 틀림없는 사실이었다.

유석은 날아오는 공격을 피하며 그대로 이름 모를 존재의 머리에 쇠지렛대를 꽂아 넣었다.

ㄱ자로 굽혀진 날카로운 끄트머리 부분이 그대로 관자놀이에 꽂혔다.

보통 사람이라면, 아니, 웬만한 짐승이라도 100% 사망에 이르게 할 강력한 일격.

하지만 이름 모를 존재에게는 그렇지 않았다.

"캬아악!"

이름 모를 존재는 관자놀이에 피를 흘리면서도 눈을 부라리며 유석을 노려보았다.

"망할……!"

그래도 관자놀이에서 피를 흘리는 것을 보건대 공격이 완전히 통하지 않은 건 아니었다.

문제는 그저 피부를 다치게 한 것 이상의 데미지를 준 것 같지도 않았다.

머리를 박살 내지는 못할지라도 뇌에 데미지를 입혀 그대로 쓰러뜨리거나 하는 것을 기대했었는데 말이다.

"캭!"

울부짖으며 이름 모를 존재가 다시 공격해 왔다.

큰 공격을 한 여파 탓인지 이번에는 피하기가 어려울 것 같았다.

하는 수 없이 유석은 쇠지렛대로 공격을 막았다.

쨍그랑.

"큭!"

강도로만 따지면 라이플보다도 훨씬 튼튼할 쇠지렛대 마저도 이름 모를 존재의 괴력 앞에서는 수수깡에 불과한 모양이었다.

쇳소리와 함께 그대로 두 동강이 나며 역시 유석의 몸에 공격이 틀어 박혔다.

'이건 정말 괴물인가? 뭐 이런 게 다 있지?'

아무래도 생각 없이 싸우기만 할 일은 아닌 것 같았다.

유석은 정신을 집중하고 상대를 관찰해 보았다.

키는 3미터가 넘어 보인다.

온몸은 근육으로 울퉁불퉁한데 근육이 제대로 균형 있게 발달한 게 아니라 오른쪽은 많이, 왼쪽은 조금 하는 식으로 발달해서 전체적으로 몸 밸런스가 맞지 않는다.

저 부분을 이용하면 어떻게 한 번 넘어뜨릴 수는 있을 것 같았다.

하지만 넘어뜨린다고 해도 그다음은 뭘 어떻게 한다는 말인가.

그야말로 괴물이라고밖에는 표현할 도리가 없는 상대.

넘어뜨리는 정도가 아니라 확실하게 제압할 방법이 없을까.

"키에엑!"

비명과 함께 이름 모를 존재가 다시 공격해 왔다.

유석은 공격을 피하며 다시 바닥에서 무기가 될 만한 것을 찾았다.

조금 전 동강난 쇠지렛대로, 어떻게 동강난 부분이 날카롭게 되어서 쇠말뚝처럼 되어 있었다.

유석은 다시 한 번 공격해 보기로 했다.

인간을 비롯해 동물의 가장 큰 약점이라면 두 군데를 꼽을 수 있을 것이다.

바로 머리와 심장이다.

머리를 노리는 것은 실패했다. 아무래도 두개골이 매우 단단한 탓인 듯했다.

그렇다면 심장은 어떨까.

물론 갈비뼈와 가슴 근육 등으로 보호받고 있겠지만 그걸 뚫고 어떻게 데미지를 입힐 수만 있다면 효과가 있지 않을까.

물론 통하지 않는다면 위험에 빠질 수도 있다.

그러나 다른 방법이 없었다. 도망칠 게 아니라면 말이다.

"해보는 수밖에."

중얼거리며 유석은 쇠말뚝을 움켜쥐었다.

이것을 심장에 박아 넣는 것이다.

성공하면 상대는 죽게 되겠지만 죽이지 않으면 죽을 상황이니 다른 방법이 없었다.

"하압!"

외치며 유석이 달려들었다.

유석의 공격에 이름 모를 존재는 전혀 물러서지 않고 맞받아쳤다.

그렇게 둘의 주먹이 부딪치기 직전, 갑자기 유석이 몸을 틀며 움직임을 바꿨다.

유석의 주먹을 맞받아칠 예정이던 이름 모를 존재의 공격이 빗나갔다.

큰 움직임의 공격이 빗나가자 이름 모를 존재의 몸이 휘청거렸다.

유석은 기회를 놓치지 않고 쇠말뚝을 들고 이름 모를 존재의 몸으로 파고들었다.

이름 모를 존재는 신체 능력은 엄청났지만 그것을 제대로 활용할 테크닉이 부족했다.

그 틈을 노린 유석의 작전이 맞아떨어진 것이었다.

파고 들어간 유석의 눈앞에 이름 모를 존재의 가슴팍이 보였다.

유석은 심장 부위로 추정되는 곳에 그대로 쇠말뚝을 밀어넣었다.

푸욱!

유석이 전력을 다한 덕인지 쇠말뚝은 이름 모를 존재의 가슴팍에 손가락 깊이만큼 박혔다.

이걸로 심장에 상처를 입혔다면 말 그대로 끝이고, 아니라도 심장에 데미지를 입혔다면 상당한 타격을 입었을 것이다.

"캬악"

놀랍게도 이름 모를 존재는 조금도 타격을 받지 않은 듯 거

침없이 팔을 휘둘렀다.

제대로 맞은 유석은 몇 미터나 날아가 벽에 처박혔다.

"제, 젠장할."

눈앞이 아찔할 정도의 충격이었다.

게다가 이어진 광경도 유석에게 적잖은 충격을 안겨주었다.

이름 모를 존재는 자신의 가슴팍에 박힌 쇠말뚝을 빼더니 그대로 유석에게 내던진 것이다.

날아온 말뚝이 유석의 얼굴을 스치며 벽에 꽂혔다.

말뚝이 스친 곳에 피가 흘러내렸다. 피하지 않았다면 머리가 관통당해 그대로 시체가 되었을 것이다.

충격적인 광경은 아직 남아 있었다.

이름 모를 존재의 가슴에 난 상처는 눈에 띄는 속도로 아물어 가는 게 보였다.

불과 십여 초 남짓한 시간 만에 상처가 아물어 붙은 것이었다.

산전수전 다 겪은 것으로 모자라 과학으로는 설명 불가능한 현상도 수두룩하게 겪었던 유석이다.

하지만 이렇게 강대한 괴물과 마주하는 건 처음이었다.

'대체 어떻게 해야 이 괴물을 물리칠 수 있지?'

총을 갈겨도 소용없다.

쇠지렛대로 관자놀이를 강타해도 소용없다.

쇠말뚝을 심장 쪽에 박아도 소용없다.

대물 저격총이라도 가져와 머리를 날리거나 박격포 같은 것으로 아주 박살을 내버려야만 물리칠 수 있다는 생각까지 들 정도였다.

하지만 지금 유석에게는 대물 저격총이나 박격포는 고사하고 라이플조차 없다.

"키엑!"

오래 생각할 시간도 없었다.

상처를 다 회복시킨 이름 모를 존재가 이내 달려들어 왔다.

간발의 차로 피하기는 했지만 그렇게 좋은 상황이 아니었다.

몇 번 공격을 허용한 탓인지 몸 이곳저곳이 쑤셔오는 것이었다.

사실 유석의 회복력도 의사가 상식을 벗어난 수준이라고 평가할 만큼 놀라운 수준이다.

그러나 눈앞의 저 이름 모를 존재에 비할 바가 못됐다.

어떤 공격을 받아도 타격을 거의 입지 않거나 조금이나마 입은 타격도 금세 회복해 버리는 적.

제대로 된 무장도 거의 갖추지 못한 상황에서 저런 적을 상대로 얼마나 더 버틸 수 있을지 의문이었다.

'어떻게든 일격에 처리를 해야 해. 하지만 어떻게…….'

이름 모를 존재의 공격을 피하면서 유석은 정신없이 머리를 굴렸다.

그러나 해답은 나오지 않고, 오히려 피하는 도중 발이 삐끗한 대가로 또 한 대 얻어맞고 말았다.

"크윽!"

수 미터나 날아간 유석은 일어날 겨를도 없이 몸을 굴려 자리를 피했다.

그 직후 이름 모를 존재가 유석이 서 있던 자리를 짓밟았다.

유석이 피한 자리에는 죄 없는 바닥이 깨져 나갔다.

저 자리에 유석이 있었다면 그의 뼈와 살이 깨져 나갔을 것이다.

굴러서 피하느라 몰골이 엉망진창이 되어버렸다.

그러나 유석에게는 자신의 몰골을 신경 쓸 겨를 따위는 없었다. 목숨이 왔다 갔다 하는 상황이다.

'저 괴물을 물리치려면…….'

생각하며 정신없이 공격을 피하던 유석은 몸 한곳이 걸리적거리는 것을 느꼈다.

바로 상수에게 받은 비상용 권총이었다.

일반적인 총탄 중 가장 약하다는 평가를 받는 22구경 탄이 장전된 소형 권총.

물론 22구경과는 비교를 불허하는 위력을 가진 5.56㎜ 탄도 안 먹히는 상대에게 22구경을 들고 맞서는 건 자살행위에 가까웠다.

일단 유석은 걸리적거리는 22구경 권총을 꺼내 손에 쥐었다.

이름 모를 존재는 유석이 꺼낸 장난감 같은 권총은 자신에게 별다른 위협이 되지 않는다는 사실을 잘 아는 모양이었다.

유석이 꺼낸 권총에는 신경도 쓰지 않고 계속해서 공격을 퍼부어댔다.

"으윽!"

뒷걸음질 치다 또 한 번의 공격을 허용한 유석은 문득 눈앞의 시야가 일그러져 보이는 걸 느꼈다.

기침과 함께 검붉은 피가 뿜어져 나왔다.

아마도 여러 번 얻어맞은 탓에 내상을 입어 발생하는 현상일 것이다.

당연하게도 별로 좋지 않은 현상이었다.

사지가 멀쩡한 상태에서도 상대하기가 어려운 괴물이다.

하물며 이렇게 부상을 입은 상태에서는 더더욱 상대하기가 어렵다.

'빌어먹을. 이렇게 죽는 건가?'

이제는 진지하게 삶과 죽음에 대해 생각을 해볼 상황에 이르렀다.

하지만 이렇게 죽는 것은 너무나도 허망했다. 아직 원하는 바를 거의 이루지도 못했는데 말이다.

"이대론 죽을 수 없어."

결의에 찬 표정으로 중얼거리며 유석은 다시금 생각을 해보았다.

다시 한 번 얻어맞고 피를 토하는 와중에도 오히려 유석의 머리는 냉정하게 돌아갔다.

그런 그의 손에는 여전히 22구경 권총이 들려 있었다.

'…어쩌면!'

문득 머릿속에 번개가 치듯 한 가지 생각이 스쳤다.

어쩌면, 정말 어쩌면 이 난관을 타개할 수 있을 것 같은 방책이 떠올랐다.

될지 안 될지는 모른다.

그러나 지금은 그것을 저울질할 겨를조차 없었다.

지금 떠오른 이 방책이야말로 유석의 마지막 희망에 가까웠다.

"해보는 수밖에."

유석은 들고 있던 22구경 권총을 단단히 움켜쥐었다.

이름 모를 존재는 그런 유석을 완전히 끝장내 버리겠다는 듯 황소처럼 돌격해 왔다.

일단 유석은 몸을 움직여 피했다.

내상을 입은 탓인지 조금 몸의 움직임이 둔해진 것 같았다.

이름 모를 존재의 돌격을 완전히 피하지는 못하고 살짝 스쳐 갔다.

몇 ㎝ 정도 부딪친 것 같은데 기분은 마치 트럭에 살짝 부딪친 것 같았다.

비틀거리면서도 유석은 몸의 균형을 유지한 채 온몸의 힘을 끌어모았다.

그는 전력을 다해 이름 모를 존재의 왼쪽 다리를 걷어찼다.

힘으로만 따지면 명백하게 이름 모를 존재 쪽이 우위다.

하지만 불균형하게 발달한 근육은 심각할 정도로 오른쪽에 편중되어 있었다.

왼쪽 팔다리는 오른쪽 팔다리에 비하면 거의 미숙아로 보일 정도였다.

아무래도 연약한 부분에 공격을 받은 탓일까.

유석의 전력을 다한 공격을 받은 이름 모를 존재의 몸이 비틀거렸다.

유석은 다시 한 번 이름 모를 존재의 왼쪽 다리를 걷어찼다.

더 버티지 모한 이름 모를 존재의 몸이 무너져 내렸다.

"크아악!"

비명과 함께 이름 모를 존재가 팔을 휘둘렀다. 유석은 그 공격을 피하지 못했다.

"으억!"

이름 모를 존재가 쓰러지며 휘두른 팔에 몇 번 얻어맞은 유석은 또다시 피를 토했다.

몸이 휘청이며 하마터면 들고 있던 권총도 떨어뜨릴 뻔했다.

"하아, 하아……."

하지만 유석은 버텼다. 쓰러지지도 않고, 권총을 놓치지도 않았다.

만약 여기에서 쓰러지거나 권총을 놓치면 그걸로 끝이다. 지금 같은 기회는 다시없을 것이다.

간신히 몸을 수습한 유석은 쓰러진 이름 모를 존재에게 달려들었다. 그러면서 권총을 겨누었다.

'최대한 접근해야 해!'

유석의 권총이 이름 모를 존재의 안면을 향했다.

거의 총구가 얼굴에 붙을 정도로 가까이 오자 이름 모를 존재도 가만히 있지 않았다.

"끼에에엑!"

무언가 불길한 예감을 느낀 듯, 괴성을 지르며 몸부림을

쳤다.

그 몸부림에 휘말린 유석은 총구를 겨냥한 곳에 단 한 번 방아쇠를 당길 시간만을 얻었다.

탕!

총성이 울렸다.

"그에엑!"

고통 어린 비명 소리가 울려 퍼졌다.

이름 모를 존재의 오른쪽 눈이 있던 곳은 붉은 구멍이 되어 피가 줄줄 흘러내렸다.

유석의 조준이 향한 곳이었다.

22구경 총탄이 이름 모를 존재의 오른쪽 눈을 뚫고 들어가 안에 박힌 것이었다.

"크아악!"

이제껏 총이든 뭐든 맞아도 거의 무적이던 이름 모를 존재였지만 지금은 달랐다.

끔찍한 괴성을 내지르며 연신 몸부림을 쳐댔다.

유석은 그 광경을 가만히 지켜보고 있지만 않았다.

달려들어 이름 모를 존재의 뚫린 눈에 총구를 대고는 연신 방아쇠를 당겼다.

탕탕탕!

총 여섯 발의 총탄이 모두 이름 모를 존재의 눈 속으로 쑤

셔 들어갔다.

눈에 총을 맞는다는 것은 그저 한쪽 눈을 잃는 애꾸가 된다는 것으로 끝나지 않는 일이었다.

안구를 통해 두개골 안으로 들어간 총탄은 바깥으로 관통되기도 하지만, 관통이 되지 않으면 그게 더 큰일이다.

총탄이 이리저리 두개골 안을 튕겨 다니며 뇌를 비롯한 머릿속 기관들을 엉망진창으로 휘저어 버리는 것이다.

이름 없는 존재는 분명 엄청나게 강하지만 그래도 예전에 마주쳤던 야수처럼 신체가 분해되어도 움직이는 괴물은 아닌 것 같았다.

몸이 엄청나게 튼튼하고 치유 능력도 상식을 초월하지만 그래도 분명 살아 있는 생명체인 것 같았다.

살아 있는 생명체이자 동물에 속하는 생명체라면 눈을 통해 총탄이, 그것도 여러발이 들어가 뇌를 휘저어 버리는 상황을 맞이하면 절대로 살아나지 못할 것이다.

그것이 유석이 노린 최후의 수단이었다.

만약에 이것마저도 실패한다면 유석으로서도 더 이상 방법이 없을 것이다.

"크으으……."

이름 모를 존재가 바닥에 엎어졌다.

온몸이 부들거리고 팔다리가 괴이하게 움직이는 게 마치

광견병에 걸린 것 같았다.

설마 저기서 또 회복하는 것은 아닐까. 그렇다면 정말 끝이다. 유석은 죽음도 각오했다.

"……."

잠시 침묵이 흘렀다.

불과 몇 초 남짓한 시간이었다. 그러나 유석에게는 아주 긴 시간처럼 느껴졌다.

"크르르……."

이름 모를 존재가 힘없이 으르렁댔다.

눈에 초점이 흐려져 가는 게 보였다. 부들거리던 팔다리도 점점 힘을 잃어갔다.

"끝난… 건가?"

유석이 지친 목소리로 중얼거렸다.

이름 모를 존재도 고개를 돌려 그런 유석을 바라보았다.

지금 자기를 죽음 혹은 그 직전까지 밀어 넣은 게 유석이건만, 지금 이름 모를 존재의 눈에서 유석을 향한 증오 같은 것은 그다지 느껴지지 않았다.

"크르르."

이름 모를 존재가 낮게 울었다.

왠지 모르게 유석은 이름 모를 존재가 자신에게 말을 걸었다고 생각했다.

'고맙다'

아무래도 이렇게 말한 것 같았다.

"……."

유석은 말없이 그런 이름 모를 존재를 내려다보았다.

이름 모를 존재는 곧 고개를 떨구며 눈을 감았다.

굳이 확인해 보지 않아도 숨이 끊어졌다는 사실은 알 수 있었다.

"후우……."

유석은 한숨을 내쉬며 몸을 추슬렀다.

정말 강대한 괴물이었다.

유석이 이 세계에 들어온 뒤 맞붙어 본 상대 중 단연 최강이라 표현할 수 있었다.

그런 상대를 무찌른 것이건만 유석은 특별히 후련함이나 짜릿함 같은 감정은 느끼지 못했다.

오히려 저 이름 모를 존재에게 동정심마저 들었다.

생각해 보면 이름 모를 존재 본인이 원해서 저런 괴물이 되었을 리는 없다.

아마도 끔찍한 생체실험의 결과물일 것이다.

저런 괴물이 되어버렸고, 인간으로 돌아올 가능성도 없다면 차라리 죽음이라는 이름의 안식을 주는 것이 자비로운 일이었을 것이다.

그렇게 생각하니 이름 모를 존재가 마지막으로 유석을 내려다보며 의미심장하게 울부짖은 이유를 알 수 있을 것 같았다.

"대체… 이건 누가 만든 거지."

중얼거리던 유석은 문득 이상한 기운이 주변을 감싸는 것을 느꼈다.

낯선 듯하지만 수차례나 느껴본 듯한 기운.

이제는 유석도 이 기운의 정체를 짐작할 수 있었다.

자신이 레넌 제국 녀석들에게 끌려가 실험을 받았을 때도, 차원 이동 장치라는 것을 건드렸을 때도, 마법 스크롤을 받았을 때도 지금 같은 기운을 느꼈다.

아마 이것은 레넌 제국의 문물인 마법과 관련 있는 기운임에 분명했다.

저 이름 모를 존재의 시체에서 마법과 관련 있는 기운이 느껴진다.

그것이 의미하는 바는 간단했다.

"카리스……!"

이번에도 카리스가 개입된 일이라는 말인가. 그 사실을 깨달은 유석은 분노했다.

대체 카리스는 어디에 있을까. 이 폐광구역 어디엔가 있을까.

생각 같아서는 당장 달려나가 카리스의 행방을 쫓고 싶었지만 이 자리를 떠날 수 없는 게 유석의 현 상황이었다.

콰쾅!

속을 끓이던 유석의 귀에 폭발음이 들렸다.

지금 자신이 있는 지하가 아닌, 지상의 어딘가가 폭발하는 소리였다.

그와 동시에 위쪽이 소란스러워지는 게 느껴졌다.

"……!"

또렷한 소리는 들리지 않았지만 무언가 경고 방송 같은 소리가 들리는 것 같기도 했다.

구원군이 도착했다는 것을 유석은 깨달았다.

자신이 여기에 들어오기 전 신호를 보냈으니 작전도 시작한 것이다.

작전내용은 분명 군부대를 동원해 주위를 포위한 뒤 국정원 요원들과 군 특공대가 들어오는 것이었다.

아무리 이 폐광 지역의 제우스 직원들이 중무장을 하고 있다고 해도 군대를 상대로는 싸우려 들기 어려울 것이었다.

'이제 기다리면 되나?'

지금으로서는 일단 이 장소를 사수하는 게 유석의 일이었다.

비록 과학자들은 몰살당했고 이름 모를 존재도 죽었지만,

여기 남은 증인들과 증거들만으로도 이 장소에서 끔찍한 일이 벌어졌다는 것을 증명하기에는 부족함이 없을 테니까.

그나마 확보한 것은 확실히 지켜야만 했다.

"제길. 빨리 가!"

"모두 사살하고 소각해 버려!"

몇 명인지 모를 한국인 경비들이 실험실로 달려왔다.

소리치는 말만 봐도 증거인멸을 노리고 오는 게 분명했다.

물론 그들을 맞이한 것은 유석이었다.

비록 유석이 입은 부상이 작지 않았지만 생체실험과 마법으로 탄생한 괴물이 아닌, 보통 사람을 상대하는 데는 부족함이 없었다.

"넌 뭐냐?"

실험실 앞에 쌓여 있던 인간 바리케이트를 무너뜨린 경비가 유석을 보고 외쳤다.

그와 동시에 총을 겨누었지만 유석은 경비의 총구를 잡고는 힘껏 당겼다.

그러자 경비의 손에 단단히 쥐여져 있던 총은 어느새 유석의 손에 넘어갔다.

꽤 고급품으로 보이는 서브머신건이었다.

다른 경비들이 그런 유석에게 발포했다. 유석도 몸을 피하며 방아쇠를 당겼다.

총탄이 양쪽에서 오가는 가운데 승부는 일찍 결정이 났다.

숫자는 경비들 쪽이 많았지만 사격 실력과 몸놀림이 우위인데다 초감각까지 가진 유석의 상대가 될 수 없었다.

"으아악!"

경비들이 비명과 함께 피를 뿜으며 나뒹굴었다. 그래도 급소에 총을 맞고 즉사한 사람은 없었다.

유석이 이 경비들이 예뻐서 살려준 것은 아니었다.

이들도 어쩌면 증인이 될 수 있다. 그것이 경비들의 숨을 붙여 둔 가장 큰 이유였다.

유석은 쓰러진 경비들을 길에 쌓아둔 뒤 또 다른 적들이 나타나기를 기다렸다.

아무튼 아군이 도착할 때까지는 여기에서 버텨야 한다.

"무슨 일이야?"

"저기다. 서둘러!"

기다리는 동안 경비 패거리나 몇이나 더 나타났다.

그러나 나타난 녀석들은 다 총이나 좀 쏠 줄 아는 정도의 수준으로서 유석의 적수가 되지 못했다.

그렇게 몇이나 되는 패거리가 쓰러졌을까, 마침내 만만치 않은 녀석들이 나타났다.

방탄 헬멧부터 방탄조끼까지 완전히 차려입고 라이플로 무장한 병력 들이었다.

무장 병력을 본 유석은 먼저 방아쇠를 당겼다.

몇 발이 머리나 몸통에 맞았지만 무장 병력은 끄덕도 하지 않았다.

말 그대로 최고 레벨의 방호력을 가진 장비를 갖춘 게 틀림없었다.

타타타탕!

무장 병력은 인정사정없이 총질을 시작했다.

자기들 편인 경비들이 쓰러져 있는데도 개의치 않았다.

"으악!"

"살려줘!"

유석에게 당해 쓰러져 있던 경비들이 피를 뿜으며 비명을 내질렀다.

비교적 온전히 움직일 수 있는 유석과는 달리 쓰러져 있던 경비들은 몸을 피하거나 할 수 없었다.

쏟아지는 총탄에는 눈이 달려 있지 않아 경비들에게도 용서 없이 날아들었다.

그 광경을 지켜본 유석은 저들이 그야말로 피도 눈물도 없는 자들이라는 것을 깨달았다.

몸이 성하거나 괜찮은 무기라도 있었다면 어렵잖게 상대할 수 있었겠지만 지금은 어느 쪽도 갖추고 있지 않다.

다소의 위험을 감수하고 적극적으로 싸워야 하는가, 아니면 조금 더 상황을 지켜보는 게 좋을까.

고민하는 유석이었지만 오래갈 고민은 아니었다.

"멈춰라!"

"대한민국 국군이다. 무기를 버려라!"

외침과 함께 또 한 무리의 무장 병력이 나타난 것이다. 대한민국 육군이라면 아군이 틀림없었다.

"무기를 버리지 않으면 발포하겠다!"

중무장을 한 군인들이 제우스의 병력을 향해 외쳤다.

숫자도 군인들 쪽이 더 많았을 뿐더러 공권력을 등에 업고 있다.

어지간한 용기가 아닌 다음에야 맞서 싸우려고 들지는 못할 것이었다.

"Fuck!"

욕설과 함께 제우스의 병력은 그대로 도망치기 시작했다.

"놓치지 마라!"

"발포도 허가한다. 잡아!"

총성과 함께 군인들 대부분은 제우스의 병력과 추격전을 시작했다.

나머지는 유석을 향해 총을 겨누었다.

"총을 버려!"

유석은 일단 시킨 대로 하며 말했다.

"나는 국정원 요원이요."

"국정원?"

"그러면 이곳에 잠입을 했다는……?"

군인들도 들은 게 있었는지 유석을 향한 적대적인 눈빛은 조금 누그러들었다.

하지만 아직 의심을 거두지는 않았고, 총구도 여전히 유석을 향한 채였다.

이런 군인들의 태도를 탓할 수는 없었다.

실전 상황에서 제대로 된 확인 절차도 없이 상대의 말만 믿고 경계를 거두는 것은 어리석은 행위일 테니까.

때마침 군인들 중 한 명이 무전을 받았다.

"네, 국정원 요원이라는 남자를 발견했습니다. 신원 확인 부탁합니다."

—치익. 유석 요원인가?

무전기에서 귀에 익은 목소리가 들려왔다.

수만이었다. 유석은 큰 소리로 대답했다.

"네, 접니다."

—무사했군. 그래, 뭐 건진 건 있나?

"꽤 큰 것을 건졌습니다."

—다행이군. 이봐, 그는 국정원 요원이 틀림없다. 혹시 총을 들이대고 있다면 그만 풀어주도록.

무전기를 통한 명령이었지만 군인들은 다 들은 게 있었는지 순순히 유석을 풀어주었다.

유석은 군인에게서 무전기를 넘겨받아 수만과 이야기를 시작했다.

"지금 일이 어떻게 되어가고 있습니까?"

—말한 대로 그 지역을 포위한 뒤 모조리 솎아내고 있다. 그래, 너는 뭘 발견했나?

"말로는 표현하기가 어렵군요. 아무래도 직접 보셔야 할 것 같습니다."

—그렇게 대단한가?

"대단하다면 대단하죠."

유석과 수만이 대화를 하는 가운데 군인들도 유석이 말하는 대단한 것을 발견했다.

바로 이름 모를 존재의 시체였다.

"이런 씹……. 이게 뭐야!"

"사람은 아닌 것 같은데?"

"곰 아냐?"

"곰보다도 더 큰 것 같은데, 얼굴도 이상하고 대체 이게 뭐야!"

군인들이 떠드는 소리를 들은 수만이 현장을 보기라도 한 듯 물었다.

—또 뭐 이상한 괴물 같은 게 있었나?

"잘 아시는군요."

—이런 일이 한두 번이어야지. 이제는 익숙해질 지경이다. 그래, 괴물이랑 싸워서 물리친 건가?

"그렇습니다. 그리고 이 괴물은 아무래도 카리스가 만든 것 같습니다."

—카리스가?

"네, 어쩌면 이 구역 어딘가에 카리스가 있을지도 모릅니다."

—카리스 놈이… 확실한가?

"확실한지는 모르겠지만 카리스가 만든 괴물이 있다면 카리스 또한 이 구역 어디엔가 있을 확률이 높다고 생각합니다."

—…….

짧은 시간 침묵이 흐르는 가 싶더니 곧 수만의 명령이 터져 나왔다.

—한 명도 빠져나가지 못하게 해. 이 구역 어딘가에 카리스가 있을지 모른다!

이렇게 작전은 성공적으로 마무리되었다.

부서진 증거나 살해당한 증인들도 있었지만, 건질 수 있는 증거와 증인들은 모두 안전한 곳으로 이송되었다.

하지만 구역을 이 잡듯이 뒤져봐도 가장 중요한 것은 끝내 나오지 않았다.

바로 카리스의 행방이었다.

43장

최후의 도박

카리스가 주변의 심상치 않은 공기를 감지한 지도 꽤 오랜 시간이 지났다.

여러 사람이 당혹스러운 표정으로 바삐 오가고, 여기저기에서 연락을 나누는 모습도 보였다.

하지만 카리스에게 무언가 제대로 설명해 주는 사람은 아무도 없었다.

참다못한 카리스가 벤에게 물었다.

"대체 무슨 일이오?"

"……."

"말을 해보시오. 무슨 큰일이 난 것이오?"

마침내 벤의 입이 열렸다.

"큰일이라면 큰일이지."

"무슨 일이기에 이 소란이오?"

"인근 실험실이 공격을 받은 모양이다."

"인근 실험실? 어디를 말하는 것이오?"

"자네도 가보지 않았나. 남자 한 놈을 가지고 꽤나 성공적인 생체병기를 만든 그곳 말이야."

카리스도 벤이 말하는 곳이 어디인지 알아들었다.

여기서 별로 멀지 않은 곳에서 남자 한 명을 생체실험하고 마법으로 힘을 보태서 꽤나 성공적인 생체병기로 만드는 실험을 했었다.

물론 완전한 성공은 아니라 당장 실용적으로 쓸 수 있다는 정도는 아니었지만 3미터가 넘는 키에 엄청난 힘과 스피드, 생명력을 갖춘 물건이었다.

안정적으로 조종하고 움직이게 할 수만 있다면 당장 전장에 투입해도 손색이 없을 정도로 말이다.

그것을 떠올린 카리스가 물었다.

"그 실험실이 공격을 받았다고. 대체 누구에게 말이오?"

"한국 정부인 모양이다."

"이 나라의 공격을 받았다고?"

"그래, 빌어먹을. 일이 꼬이는군."

여기에서 멀지 않은 생체실험실이 한국 정부의 공격을 받았다.

그로 인해 피해가 얼마인지는 아직 알 수 없지만 그 사실 자체만으로도 엄청난 일이라는 것은 자명했다.

무슨 테러 단체 같은 곳도 아니고 한국 정부에서 공격을 했다면 제우스의 행각을 어느 정도 알고 한 일이 아니겠는가.

아무리 제우스가 막강한 재력과 권력을 가진 다국적기업이라고 하더라도 한국정부 역시 호구는 아니었다.

한국 영토 내에서 생체실험이라는 끔찍한 짓거리를 한 게 밝혀졌는데도 무사히 넘어가리라고는 생각할 수 없었다.

비록 카리스가 이런 정치역학적인 부분까지 완전히 이해하고 있지는 못했지만, 아무튼 지금 상황이 좋지 않다는 것 하나는 확실히 이해할 수 있었다.

"당신들 조직 힘으로 상황을 타개할 수 없소?"

카리스의 질문에 벤은 고개를 내저었다.

"쉽지는 않을 거다. 물론 그쪽에서도 한국 정부의 습격을 받았다면 당연히 증거인멸에 나서겠지만, 증거가 완전히 인멸되리라는 보장도 없으니."

"그러면 지금 우리가 위기에 빠졌다는 말이로군."

"바로 그 말이다."

"그러면 이제 어떻게 해야 하오?"

"일단 몸을 피해야지. 그것 말고 다른 방법이 있겠나?"

무슨 이유인지 카리스는 잠시 뜸을 들이다 대답했다.

"…확실히 그 방법밖에 없겠군."

"왜, 뭐 다른 방법이 떠오른 거라도 있나? 그러면 말해보게. 뭔가 되도 않은 소리라도 지금 상황을 타개할 방법이 될 수도 있을 테니."

"아니, 아무것도 아니오."

"그런가."

벤은 고개를 갸웃거리면서도 특별히 카리스를 의심하거나 하지는 않았다.

대화 중 카리스가 잠시 뜸을 들인 것에 신경 쓰기에는 지금 상황이 다급했다.

"아무튼 자네도 떠날 준비를 하게."

"실험체와 실험체로 쓰려고 잡아온 인간들, 그리고 시체들은 어떻게 할 생각이오?"

"당연히 모두 소각해야지."

"그렇다면 나도 그 소각에 참여하겠소."

실험체든 인간이든, 살아 있든 죽었든 그 시체를 처리하는 건 이곳에서는 하급 노동에 속했다.

나름대로 엘리트로서 직접 생체실험에 참여하는 카리스나

벤이 할 일은 아니라는 것이었다.

"직접 소각에 참여하겠다고? 왜?"

"증거를 인멸하려면 확실하게 인멸을 해야 하지 않겠소. 마법으로 처리된 실험체나 시체는 그저 조각을 내거나 태운다고 완전히 처리되지 않을 수도 있소."

"그런 게 있었나? 하지만 지금까지 그런 말을 한 적 없지 않나."

"지금까지는 시간을 들여서 시체를 확실하게 소멸시켜 버렸으니까. 그렇게 처리하면 마법이든 뭐든 흔적이 남지 않소. 하지만 지금처럼 다급한 상황에서는 서둘러서 처리를 해야 할 것인데, 그렇게 서두르면 제대로 처리가 안 될 것이고 그럼 흔적이 남을 수도 있소."

"흐음. 그런가."

"시체가 증거가 되어서 꼬리가 잡히는 건 사양이오. 나도 시체 소각에 참여하겠소."

"알겠네. 그렇게 하게."

그렇게 카리스는 자원한 임무를 가지고 사라졌다.

그런 카리스의 뒷모습을 바라보던 벤이 문득 휴대폰을 들었다.

"그래, 소니아인가."

—네, 박사님. 무슨 일입니까?

소니아.

제우스 그룹에 소속된 용병으로서 굉장한 실력을 가진 인물이자 카리스 구출 작전에도 참여한 인물이다.

그 소니아는 마침 이 기지에서 벤과 카리스의 경호 업무를 맡고 있었다.

물론 카리스의 경우에는 단순 경호 업무를 넘어 감시 업무 또한 겸하고 있었다.

"소니아. 지금 카리스가 시체 처리 업무에 자원해 갔다."

—시체 처리? 그가 직접 말입니까?

"그래, 녀석이 하는 말이 일리가 있어서 보내주었지만… 만에 하나 뭔가 딴생각을 품은 게 아닌지 걱정이 되어서."

—지금 그를 감시하라는 말씀입니까?

"그래, 목걸이 리모콘을 자네가 가지고 있지?"

—네.

"그럼 지금 바로 카리스에게 가게."

—알겠습니다.

그렇게 전화를 끊은 벤이 중얼거렸다.

"무슨 짓을 할지 모르는 녀석이니 이 정도는 하는 게 좋겠지."

*　　*　　*

타타탕!

"살, 살려주세요!"

"으아악!"

소각, 혹은 증거인멸이 벌어지는 곳에서는 한창 살육이 벌어지고 있었다.

실험을 겪기 전이거나 실험을 겪고도 용케 살아남은 실험체들을 모조리 죽인 뒤 시체도 소각하는 작업이었으니 말이다.

총성과 함께 끌려나온 사람들이 하나하나 살해당했다.

개중에는 실험 전이라 사지육신이 멀쩡한 사람도, 이곳저곳이 돌연변이를 일으킨 사람도 있었지만 결말은 다르지 않았다.

모두들 급소에 총을 맞고 죽은 뒤 구덩이에 들어가는 비참한 결말을 맞이했다.

카리스는 눈앞에 파인 구덩이를 바라보며 중얼거렸다.

"준비가 좋군."

확실히 준비가 좋다고 할 수 있었다.

지금 카리스의 눈앞에 놓인 구덩이는 어림잡아 백 구 이상의 시체를 집어넣고 처리할 수 있을 만큼 크고 깊었다.

이렇게 거대한 구덩이를 순식간에 판 것은 아닐 것이다.

미리 파 놓았거나 긴급 상황에 바로 준비가 되도록 조치를 취해놓은 것이 틀림없었다.

실험체들의 시체들이 연신 구덩이로 들어갔다.

이어 각종 실험 도구들과 여러 가지 한국 정부의 눈에 띄면 곤란한 물건들도 구덩이로 들어갔다.

"저걸 어떻게 처리하는 걸까."

"일단 소각한 뒤 폭파하고 시멘트로 묻어버립니다."

카리스의 중얼거림에 누군가 대답했다.

카리스가 돌아보니 본 적 있는 여자가 서 있었다.

"이름이… 소니아라고 했던가?"

"네."

소니아를 본 카리스의 입꼬리가 스윽 올라갔다.

"나를 감시하러 온 건가?"

"그렇습니다."

"솔직하군."

"당신도 바보가 아니라면 자신의 상황을 잘 알고 있을 테니 굳이 숨길 이유는 없으니까요."

"하긴."

소니아도 카리스가 보고 있는 구덩이 안을 내려다보았다.

이제 비명 소리도 잦아들고 죽임을 당한 시체들만이 계속해서 구덩이 속에 던져지고 있었다.

실로 처참한 광경이었지만 카리스가 그러했듯 소니아도 눈 하나 깜짝하지 않았다.

그녀 또한 이 제우스의 사람이었던 것이다.

"저 시체들의 확실한 처리를 도와주겠다고 들었습니다만."

문득 소니아가 말했다. 카리스가 고개를 끄덕였다.

"그랬지."

"그럼 지금 도와주셔야 하지 않겠습니까?"

"확실히."

곧 카리스는 주문을 외기 시작했다.

소니아는 카리스의 주문을 알아들을 수 없다는 게 조금 신경 쓰였지만 하는 수 없는 일이었다.

대신 카리스가 무언가 수상한 짓을 하면 즉시 그가 찬 목걸이를 작동시켜 머리를 날려 버릴 것이다.

그것을 위해 목걸이를 작동시킬 수 있는 리모콘을 가지고 왔다.

언제라도 리모콘을 작동시킬 수 있게 준비를 한 채, 소니아는 카리스의 행동을 지켜보았다.

한참 주문을 외던 카리스가 천천히 양손을 뻗었다.

그의 손끝에서 불꽃이 피어올라 구체를 형성하더니 점점 거대해졌다.

처음에는 야구공만 했던 것이 축구공만 해지고, 심지어 사람보다도 거대해져 그야말로 집채만 한 불덩어리가 되었다.

"저거 뭐야?"

"저놈이 쓰는 마법이라는 건가?"

시체를 처리하던 제우스 직원들도 신기한 구경거리에 눈을 떼지 못했다.

그나마 직원들은 카리스의 정체에 대해 언질을 받은 것이 있었기에 카리스가 마법을 쓰는 것 자체는 그렇게 놀라지 않았다.

"……!"

카리스가 눈을 부릅뜨며 뻗었던 손을 바닥 쪽으로 내리찍었다.

그러자 집채만 한 불덩어리가 구덩이 속으로 들어가 시체들을 강타했다.

콰앙!

폭탄이라도 터진 것처럼 강렬한 폭발음과 함께 주변 땅이 크게 흔들렸다.

구덩이 속의 시체들도 불이 붙어 타들어가기 시작했다.

"모두 화장시키는 겁니까."

소니아가 물었다. 카리스는 고개를 끄덕였다. 그러자 소니아가 다시 물었다.

"그저 화장을 시키는 것이라면 당신의 힘을 빌릴 필요는 없었을 것입니다만."

"그저 화장시키는 게 전부가 아니지."

"네?"

카리스는 직접 보라는 듯 구덩이 쪽으로 턱짓을 했다.

시키는 대로 구덩이를 본 소니아는 생각 이상의 광경을 목격했다.

시체에 붙은 불은 그저 시체를 태우는 게 아니었다.

일반적으로는 있을 수 없는 맹렬한 화력으로 시체를 말 그대로 잿더미로 만들어 버리고 있었다.

마치 시체를 잘 타는 연료로 절이거나 화약 같은 것을 발라 둔 게 아닌가 의심이 들 정도였다.

조금 놀란 소니아가 카리스 쪽을 돌아보았다. 카리스는 무덤덤하게 설명했다.

"헬파이어라는 마법이다. 살아 있든 죽었든 육신에 붙으면 형체가 완전히 사라지는 잿더미가 될 때까지 절대로 꺼지지 않는 불이지."

"그거 굉장하군요."

확실히 굉장한 일이었다.

시체를 제대로 된 화장장 같은데 집어넣지 않고 이렇게 그냥 불로 태우면 잿더미로 만드는 건 쉬운 일이 아니니까.

진작 카리스가 이렇게 마법을 써 줬다면 그동안 생체실험을 하면서 쏟아졌던 시체 처리가 더 손쉬웠을지도 모른다. 그렇게 생각한 소니아가 말했다.

"진작 협조를 해줬으면 더 좋았을 건데요."

"아무렇게나 쓸 수 있는 마법이 아니다. 시전 시간도 많이 걸리고 힘도 많이 들지. 상황이 급박하다기에 한 번 써 준 것이다."

"그렇습니까."

아무래도 카리스는 급한 상황에서 제우스를 돕겠다는 선의를 가지고 여기까지 나온 모양이다.

이렇게 생각한 소니아는 조금이나마 마음을 놓았다.

물론 그래도 프로로서 완전히 마음을 놓지는 않았지만, 조금은 긴장이 풀리는 건 어쩔 수 없었다.

"더 도울 일이 없으면 일단 이대로……."

카리스에게 말을 건 소니아의 입이 멈췄다.

카리스의 눈빛이 이상하게 번득이는 것을 마주한 다음이었다.

'뭐, 뭐지?

입뿐만 아니라 온몸이 굳어진 것이었다. 그럼에도 소니아의 의식은 사라지지 않았다.

의식은 멀쩡한데 온몸이 굳어 말을 듣지 않는 게 마치 뇌와 몸을 연결하는 신경이 전부 다 끊어진 듯한 느낌이었다.

그런 소니아의 눈에 카리스가 점점 다가오는 게 보였다.

소니아의 코앞까지 다가온 카리스가 한줄기 미소와 함께 나지막이 말했다.

"내가 언제까지 너희의 노예로 있을 것이라고 생각했나."

"……."

무어라 대답을 하려고 해도 소니아의 입은 여전히 굳은 채였다.

카리스는 그런 소니아의 사정을 아주 잘 알고 있는 듯했다.

"말을 하고 싶지만 말이 나오지 않을 거야. 네 영혼은 몰라도 네 육신은 이미 나의 것이 되었으니까."

"……."

"이 순간이 오기를 꽤나 오래 기다렸어. 이 빌어먹을 목걸이를 어떻게 할 수 있는 사람과 단둘이 되는 그 순간을 말이지. 한국 정부라고 했나. 따지고 보면 그놈들 때문에 내가 이 꼴이 되어버렸지만 그래도 그놈들 덕분에 노예에서 벗어나게 되었으니 그건 고맙다고 해야 할까?"

"……."

"그래, 첫 번째로 명령한다. 네가 가진 이 목걸이를 작동시킬 수 있는 물건을 넘겨라."

몸이 굳어진 뒤 처음으로 소니아의 입이 열렸다.

"…네."

자신의 몸이 이렇게 말하자 소니아의 의식은 크게 놀랐다. 이 말을 한 것은 자신의 의지가 결코 아니었던 것이다.

마치 자신의 몸이 자신을 떠나 다른 인형사의 손에 넘어간 꼭두각시가 되어버렸고, 자신은 손 놓고 그걸 지켜보는 기분이었다.

말뿐이 아니었다.

소니아는, 정확히 말하자면 소니아의 의식과 분리된 소니아의 몸은 숨겨 가지고 있던 목걸이 리모콘을 카리스에게 바쳤다.

그것도 공손하게 두 손으로.

'내가 어떻게 된 거지?'

놀란 소니아는 자신의 몸을 다시 스스로의 의지로 움직이게 하기 위해 안간힘을 썼다.

그러나 아무리 안간힘을 써도 그녀의 몸은 꼼짝도 하지 않았다.

비웃음 섞인 표정으로 그런 소니아를 바라보던 카리스가 물었다.

"그래, 그것을 이용해 이 목걸이라는 것을 터뜨리는 것이었군."

"…네."

"그러면 이 목걸이를 지금 벗거나 할 수 있나?"

"…여기서는 불가능합니다."

"그런가. 그러면 지금 내가 할 수 있는 건 네가 내 머리를 날리지 않도록 하는 것뿐인가."

"…그렇습니다."

"그러면 이 목걸이를 벗으려면 어떻게 해야 하지?"

소니아의 입에서 목걸이를 벗는 법까지 줄줄이 흘러나왔다.

소니아의 의식은 그런 자신의 입을 붙잡아 꿰매 버리고 싶었다.

그러나 온몸이 말을 듣지 않는 상황에서 입을 꿰매는 것은 절대로 불가능할 것이었다.

그렇게 카리스는 소니아가 줄줄 읊는 이야기들을 들었다.

다 들은 카리스의 얼굴에 냉소가 서렸다.

소니아는 저 냉소가 자신을 향한 악의라는 것을 예감했다. 그리고 그 예감이 맞았다.

"소니아라고 했던가. 네가 아는 모든 것은 육체가 기억하고 있겠지."

"……."

"내게 필요한 건 그런 너의 기억뿐. 네 영혼 따위는 이제 필요 없다."

"……."

"사라져라."

타악!

말과 함께 카리스가 손가락을 퉁겼다.

소니아는 자신의 시야가 점점 검게 물들어 가는 것을 느꼈다.

'이, 이건…….'

이대로 시야가 완전히 검게 물든다는 것.

그것은 죽음을 의미한다는 것을 소니아는 알아챘다.

어떻게든 자신의 시야를 물들이는 검은 기운에게서 벗어나 보려고 했지만 의식만이 남은 소니아는 철저하게 무력했다.

'아, 안 돼…….'

마침내 소니아의 시야가 완전히 어둠에 물들었다.

그것으로 끝이었다.

소니아의 육체는 살아 있지만 영혼이 사라진 빈껍데기로만 남았고, 사라진 영혼은 두 번 다시 돌아오지 못했다.

그렇게 숨은 붙어 있으되 영혼은 날아간 빈껍데기가 되어 버린 소니아를 바라보며 카리스는 작게 웃었다.

자신의 마지막 계획.

그 시작은 성공적이었다.

*　　*　　*

"그런 일이 있었다는 말인가."

현장에서 유석의 보고를 받은 수만이 유석의 어깨를 짚으며 말했다.

"정말 애썼군. 고생 많았다."

"말씀대로 보통 고생을 한 게 아닙니다만."

유석의 대답은 절대로 수만을 비꼬거나 하는 것이 아니었다.

말로는 표현하기도 어려운 무지막지한 괴물을 상대로 싸우느라 정말 죽을 뻔했으니 말이다.

"그나저나 보고 또 봐도 놀라워. 이름은 알 수 없겠지만 저것도 분명 전에는 사람이었겠지? 그런데 저렇게 되어버리다니… 정말 안됐어."

이름 모를 존재의 시체를 바라보며 은아가 말했다.

아무리 국정원의 인간병기라 불리는 은아지만 본색은 여자인지라 그런지 불행한 운명을 맞이한 이름 모를 존재에게 동정이 가는 모양이었다.

"확실히 안되기는 했지."

유석도 동의했다.

자기를 죽일 뻔한 상대지만 이미 죽은 상태다.

또 이름 없는 존재의 운명만 놓고 보면 동정을 할 수밖에 없었다.

"그래, 현장 수색 같은 것은 어떻게 되어 가고 있습니까?"

유석은 다시 업무 이야기를 꺼냈다.

이렇게 수만이나 은아가 현장에서 전투를 벌이는 대신 자기를 찾아와 이야기나 나누는 것을 보건대 짐작이 가는 바는 있었다.

아마 거의 마무리 단계일 것이다. 그러나 확실히 듣고 싶었다.

수만이 말했다.

"작전은 성공이다. 이곳에 있는 누구도 살아서 빠져나가지는 못해."

체포되어 나가거나 죽어서 나갈 수 있다는 말이다. 유석이 고개를 끄덕였다.

"애쓴 보람이 있군요."

다시 한 번 생색을 낸 유석이었지만, 그에게는 그럴 자격이 충분했다.

또 유석은 생색을 내는 데 바빠 다른 일을 내팽개치는 실수를 범하지도 않았다.

"그나저나 카리스는 이곳에 있는 것 같습니까?"

"확인 중이다. 그보다 자네는 정말 이곳에 카리스가 있다고 확신하나?"

"확신은 할 수 없습니다. 다만 저것을 카리스가 만들었거나 최소한 그놈이 개입을 한 것만은 틀림없다고 생각합니다."

유석의 시선은 이름 모를 존재의 시체를 향해 있었다.

이름 모를 존재와 카리스가 연관되어 있다는 가설.

아직 증거라고는 그저 유석의 예감과 이름 모를 존재가 죽은 직후 유석이 느꼈던 어떤 기운뿐이다.

그 외 다른 물증이라면 이름 모를 존재의 시체 정도일까.

물증이 터무니없이 적은 상황이었지만 그래도 수만이나 은아는 이 일에 카리스가 개입되었다고 납득하는 듯했다.

다른 사람들도 마찬가지인 모양이었다.

무엇보다 일반적인 상식으로는 도저히 설명이 불가능한 이름 모를 존재의 시체가 가장 큰 증거였다.

그리고 증인들도 나오기 시작했다.

"알아봤습니다."

말과 함께 유석에게 다가오는 사람은 상수였다. 상수는 모두에게 말했다.

"역시 카리스 그자가 개입된 것은 틀림없는 것 같더군요."

수만이 물었다.

"그런가?"

"네, 여기 갇혀 있던 사람들에게 물어봤는데, 그들 중 여러 명이 카리스의 얼굴을 알아보았습니다. 카리스와 다른 과학자들이 여기에서 온갖 비윤리적인 실험을 자행하는 걸 목격했다고 하는군요."

"빌어먹을 놈. 정말이지 만악의 근원이 따로 없군."

"하지만 들어보니 생체실험 자체는 카리스가 나타나기 이전부터 했던 것 같습니다."

"그러면 본래 제우스에서 생체실험 이런 것을 해왔는데 놈들이 카리스의 능력이 필요해서 그를 탈옥시키고 이용해 왔다. 이런 이야기가 되는 건가?"

"아마도 그렇지 않을까요."

수만의 말대로일 가능성이 높았다.

모두들 비로소 일이 어떻게 돌아가는지 제대로 파악하고는 고개를 끄덕이는 가운데 유석이 말했다.

"카리스가 이곳에서 실험을 했다면 어디엔가 카리스가 숨어 있지 않겠습니까?"

은아가 대답했다.

"그럴 가능성이 충분하지만 아닐 수도 있어."

"무슨 소리지?"

"제우스는 북한 지역 곳곳에서 사업을 하고 있다고. 이런 비슷한 짓을 할 수 있는 곳 또한 한두 곳이 아닐 거야. 녀석들이 고맙게도 여기서만 그런 실험을 자행한 것이라면 카리스도 이 곳 어디엔가 있을 확률이 높고, 그러면 철저히 수색해서 찾아내면 되겠지만 아닐 확률도 적지 않아."

"그러니까 다른 어딘가에 또 다른 실험 구역이 있고 지금 카리스는 그곳에 있을 수도 있다?"

"그래."

"그런 게 아니기를 빌어야겠군."

생각 같아서는 유석도 이 지역을 돌면서 카리스를 찾고 싶었다.

그러나 이름 모를 존재와의 전투에서 입었던 상처가 컸다.

지금 유석에게 필요한 건 작전 참여가 아니라 치료와 휴식이었다.

"일단 유석 요원은 물러나도록. 원장님이 기다리고 있을 테니."

"…알겠습니다."

지금 유석의 몸 상태가 좋지 않다는 것은 유석 본인이 가장 잘 알고 있었다.

무리하다 민폐를 끼치는 것은 사양이었기에 일단은 물러날 수밖에 없었다.

이미 지역 대부분이 군대 등에 장악된 뒤라 돌아가는 길은

평온했다.

폐광 지역 근처에 있는 병원에 가보니 현성이 기다리고 있었다.

꽤나 오랜만에 보는 현성의 모습에 유석은 조금 반가움을 느꼈다.

"원장님이 와 계셨군요."

"오랜만이구만."

"그러게요."

"사실 나도 나름대로 요즘 다른 일도 맡고는 했었는데 좀 전에 자네가 큰 부상을 입었다기에 만사 제치고 와 봤네. 누가 뭐래도 자네 몸은 이 내가 최고 전문가 아닌가?"

오랜만에 만나서 그런지 현성의 수다를 듣는 것도 나쁘지는 않은 기분이었다.

일단 유석은 현성의 진찰을 받았다.

유석을 진찰하던 현성이 놀랍다는 듯 말했다.

"꽤 많이 다쳤구만. 총에 맞은 것도 아니고 폭발 같은 데 휘말린 것도 아닌데 자네가 이렇게까지 다치다니, 뭐 그리즐리랑 맨손으로 싸우기라도 한 건가?"

위험도로 따지자면 차라리 그리즐리와 맨손으로 싸우는 게 더 낫지 않았을까.

유석의 침묵에서 그런 무언의 대답을 읽은 현성이 혀를 내둘렀다.

"뭔가 엄청난 괴물과 싸웠나 보군."

"그랬지요."

"아무튼 자네 체력은 정말 알아줘야 해. 갈비뼈가 몇 대 나간 것 같고 내장도 좀 손상을 입었고 전신 타박상에……. 보통 사람이 이정도 상처를 입으면 걸어다니기는커녕 자리보전을 해야 한다고. 한데 자네는 걸어서 이 병실에 들어오지 않았나."

"지금은 누워 있지만요."

"아무튼 이 정도 상처를 입고 그렇게 움직인 것만으로도 대단해. 거기에다 역시 회복도 굉장히 빠르군. 며칠만 치료받으면 완전히 회복할 것 같아."

보통 사람이면 완전히 회복하는데 몇 주, 혹은 몇 달이 걸릴지도 모르는 부상. 그것이 며칠 만에 회복된다는 것은 큰 축복이다.

그러나 유석은 며칠이나마 병실에 누워서 지내야 한다는 것조차 내키지가 않았다.

아무래도 가만히 누워서 안정할 수는 없는지 연신 휴대폰을 들여다보는 것이었다.

그 모습이 이상했는지 현성이 물었다.

"뭐 기다리는 전화라도 있나?"

“네.”

“무슨 전화인데?”

“잡아야 할 놈이 잡혔는가… 하는 전화이지요.”

“잡아야 할 놈? 그 카리스인지 뭔지 하는 다른 차원의 녀석?”

“알고 계셨습니까?”

“그야 나도 레넌 제국과 깊이 관여된 사람 아닌가. 그쪽 일이 어떻게 돌아가고 있는지는 대강이나마 파악을 하고 있다네. 그래, 그놈을 잡으러 간 거였나? 난 자네가 제우스 그룹을 파헤치러 다녀온 줄 알았는데.”

“둘 다였습니다.”

지이잉—

현성과 이야기를 나누던 유석은 문득 휴대폰 진동에 재빨리 번호를 확인했다.

은아의 것이었다.

“잡았어?”

전화를 받자마자 유석이 다짜고짜로 물었다. 대답은 곧바로 돌아왔다.

—아니.

“뭐라고?”

—카리스는 여기에 없었어. 경비였던 사람들을 심문한 결

과야. 일주일 전엔가 방문한 적은 있는데 닷새 전에 떠나고 그 후로는 방문하지 않았대.

"빌어먹을."

—뭐 카리스를 못 잡은 건 아쉽지만, 아무튼 제우스가 카리스와 연계되었다는 건 더 의심의 여지가 없어. 네가 죽인 그 괴물도 카리스가 개입된 게 분명하고.

은아의 이야기도 별로 위로가 되지는 않았다.

이번에는, 정말 이번에는 카리스를 직접 붙잡거나 죽이거나 그렇게 되는 꼴을 볼 수 있으리라 여겼는데 말이다.

"그러면 이제 어떻게 되는 거지?"

—이미 확보한 것만으로도 제우스의 범죄를 입증하기에는 충분하고도 남아. 북한 지역은 물론 남한 지역의 제우스도 예외 없이 전면적인 조사에 들어갈 거야. 상부 말에 따르면 필요하다면 북한 지역에는 계엄령이나 그에 준하는 조치가 취해질지도 모른대.

"계엄령?"

—그래, 계엄령 말이야. 남한 지역은 몰라도 북한 지역 제우스는 거의 지들 자치령 수준인 곳도 많은데 순순히 잡혀 주겠어? 진짜 계엄령까지 내려질지는 모르겠지만 아무래도 꽤나 하드한 조치가 취해질 건 분명할 것 같아. 그것도 최대한 빠른 시간 내에.

계엄령이 언급될 정도면 윗선에서도 지금 상황을 국가 존립을 위태롭게 할지도 모른다고 본다는 소리였다.

확실히 제우스가 한 짓을 돌이켜 보면 그런 취급을 받아도 할 말이 없는 것은 사실이었다.

"그래, 그러면 다른 제우스 관할 구역도 박살 내는 거고?"

—이미 박살 내기 시작한 곳도 있어. 또 조만간 국내와 해외 언론사에 자료들이 배포될 거야.

다국적 기업이자 낙후된 북한 지역에 복구에 큰 도움을 주고 있는 선량한 기업으로 알려진 제우스를 박살 내는 것이니 확실히 이곳저곳에 그 명분을 알리는 것도 반드시 필요했다.

아무튼 일은 그럭저럭 제대로 진행되는 것 같았다.

호랑이 굴같던 제우스의 본거지에까지 들어가 그 고생을 한 보람이 있었다.

단 한 가지 문제점만 제외하고.

"문제는 카리스로군."

—그러게. 실은 현장 사살 명령이 떨어졌어.

"현장 사살?"

—생포하기에는 너무 위험하니까.

카리스는 여러 번 붙잡혔고, 자력이든 타력이든 여러 번 빠져나갔다.

고로 현장 사살 명령이 떨어진 게 조금도 놀랄 일은 아니었다.

"내 손으로 직접 쏴 죽이고 싶지만… 문제는 그게 아니야."

—무슨 소리야?

"내가 가야지만 끝이 날 것 같아."

—뭐야. 너만이 카리스를 잡거나 죽일 수 있다. 그런 소리를 하는 거야 지금?

"그럴 것 같은 예감이 든다."

—…….

은아는 잠시 말이 없었다.

은아 또한 비슷한 예감을 느끼기라도 한 듯. 그러다 다시 은아가 말해왔다.

—아무튼 몸조리나 잘해.

"그래야지. 그럼."

유석이 전화를 끊자 현성이 물었다.

"이제 제우스도 끝장나는 건가?"

"아마도요."

"그렇구만. 자업자득이야."

"이제 문제는 제우스가 아닙니다. 카리스… 놈이 이대로 순순히 당할지 모르겠어요."

현성이 괜한 걱정 말라는 듯 말했다.

"너무 걱정 말게. 총에는 장사 없지 않나?"

"글쎄요. 예감이 좋지 않습니다. 놈이 눈가 귀가 있다면 지금 일이 돌아가는 것을 모르지는 않을 테고… 무언가 엄청난 짓을 할 것만 같습니다."

"좋은 쪽으로 생각하게. 안 좋게 생각하면 정말 안 좋은 일이 벌어지는 법이야."

이런 현성의 말에도 유석은 좀처럼 안 좋은 예감을 떨쳐 낼 수가 없었다.

그리고 그 예감이 맞았다.

44장
그랜드 스켈레톤

벤은 소니아의 방문에 의외라는 표정을 지었다.

항상 카리스와 행동을 함께할 줄 알았는데 지금은 혼자서 나타난 것이었다.

"무슨 일이지?"

"카리스 관련 일입니다."

"카리스? 녀석이 무슨 일이라도 저질렀나?"

"네, 수상한 짓을 하려 해서 목걸이를 작동시켰습니다."

이 말을 들은 벤이 펄쩍 뛰었다.

"그게 사실인가?"

"그렇습니다."

"허어, 녀석이 완전히 우리 편이 되었다 믿지는 않았지만 하필 이럴 때 그런 짓을 할 줄이야."

"……."

"그나저나 상부에는 뭐라고 해야 할지 모르겠군. 그렇지 않아도 한국 정부에서 이렇게 나온 것 때문에 그쪽에서도 난리가 났을 건데 카리스 녀석까지 처리해 버렸다니."

머리가 아파오는지 벤은 자신의 이마를 짚었다. 그런 벤에게 소니아가 무덤덤하게 말했다.

"어쩔 수 없었습니다."

"그렇게 수상한 짓을 했다는 말인가."

"네, 그래서 말씀입니다만."

"음?"

"카리스의 목걸이 리모콘은 더 이상 필요가 없겠지요. 회수를 했으면 합니다만."

"회수? 그거야……."

무심결에 그러라고 대답하려던 벤은 뭔가 이상한 것을 느꼈다.

지금은 아무튼 빨리 생체실험 관련 자료를 인멸하고 떠야 할 때다.

그런 상황에서 죽은 카리스가 차고 있던 목걸이 리모콘이 뭐 그리 중요하다는 말인가.

"자네 지금 무슨 소리 하는 건가?"

벤의 질문에 소니아는 말 대신 행동으로 답했다.

갑자기 벤에게 달려들어 입을 막더니 허리에서 나이프를 꺼내 그대로 벤의 허벅지를 찍어버린 것이다.

"……!"

입이 막힌 탓에 벤은 비명도 못 지르고 눈을 부릅떴다. 소니아는 그런 벤의 귓가에 속삭였다.

"목걸이 리모콘을 넘겨주십시오. 지금 당장."

이제야 깨달은 건데 소니아의 목소리에는 아무런 감정도 담겨 있지 않았다.

원래 소니아가 냉정하다는 소리를 자주 듣는 사람이기는 했지만 지금은 냉정한 수준이 아니라 말 그대로 로봇의 목소리를 듣는 것 같았다.

도저히 살아 있는 사람의 목소리가 아니었다.

하지만 살아 있지 않다면 어떻게 말을 할 수가 있다는 말인가.

대체 지금 무슨 일이 벌어지는 것인지 벤은 혼란스럽기만 했다.

벤의 대답이 늦어지자 소니아는 허벅지에 박아 넣은 칼날을 비틀었다.

"끄아악!"

고통이 배가된 벤이 몸부림을 쳤다. 소니아가 다시 말했다.

"목걸이 리모콘을 넘기세요. 아니면 이목구비를 도려내겠습니다."

벤은 소니아가 진심으로 말하고 있다는 사실을 깨달았다.

"으으으읍!"

벤의 웅얼거림이 알겠다는 뜻임을 알았는지 소니아는 벤을 잡고 있던 손을 느슨하게 했다.

"여, 여기 있다."

벤은 반항할 생각도 못하고 그대로 리모콘을 찾아 바쳤다. 어차피 순수한 과학자인 벤이 일류 용병 출신인 소니아의 상대가 될 수도 없었다.

그렇게 소니아에게 리모콘을 넘겨준 벤은 잠시 후 눈을 의심했다. 죽었다던 카리스가 나타난 것이었다.

"아니, 넌 죽었다고……."

카리스는 가만히 미소를 지어 보였다.

그제야 벤은 일이 어떻게 돌아가는 것인지 대강이나마 눈치챘다.

"다 네놈의 짓이었군!"

"그래, 레넌 제국. 블랙 드래곤 군단의 이 카리스가 언제까지 네놈들 밑에 붙어 있을 거라 생각했나."
"망할 자식! 으아악!"
벤이 반항을 하려는 기미가 보이자 가차없이 소니아가 허벅지에 놓인 칼날을 비틀었다.
평상시라면 이 정도 소란이면 경비나 다른 직원들이 달려올 것인데 지금은 모두들 도망치느라 바쁜 탓인지 아무도 오지 않았다.
소니아는 벤을 바닥에 엎드리게 했다. 그런 벤을 내려다보며 카리스가 말했다.
"나도 나름대로 조사한 게 있다. 듣기로 이곳에 내가 찬 이 목걸이를 벗길 수 있는 놈이 있다고 하던데."
"그런 거 없다!"
"그래?"
카리스가 턱짓을 했다.
소니아는 벤의 허벅지에 박힌 칼을 뽑아내더니 다른 쪽 다리에 박아 넣었다.
"끄아아악!"
벤이 비명을 지르는 가운데 카리스가 다시 말했다.
"아직 진정한 고통은 시작도 하지 않았어. 이제부터 발가락 끝부터 관절 한 마디씩 천천히 잘라내게 할 거다. 빨리 죽을 수 있을 거라는 희망 따위는 가지지 마. 치료 마법으로 최대한 오랫동안 살려놓을 테니까."

"미, 미친 놈!"

"피차일반 아닌가? 선택해라. 발끝부터 천천히 잘려 나가든지, 시키는 대로 하든지."

카리스는 진심이었다.

벤에게 발끝부터 천천히 잘려 나가는 고통을 감수할 자신은 없었다.

"아, 알겠다. 알겠으니 제발!"

"지금 이곳으로 불러라."

"불러? 어떻게?"

"좀 더 안전하게 탈출을 시켜주겠다는 식으로 하면 되지 않겠나?"

"……."

결국 벤은 카리스의 목걸이를 벗길 수 있는 사람을 불렀다.

과학자 동료인 데이브라는 남자였다.

안전하게 탈출할 수 있다는 말에 혹해 달려온 데이브는 그대로 뒤에서 카리스의 기습을 받고 바닥에 눕혀지는 신세가 되어버렸다.

"큭. 이게 무슨 짓이냐!"

그런 데이브도 지금 상황을 알게 되기까지 많은 시간이 걸리지 않았다.

"이 목걸이를 벗겨라."

"……."

카리스의 명령을 들은 데이브가 주저했다.

하지만 그 역시 명령을 듣지 않으면 발끝부터 잘라내 죽인다는 진심 어린 협박에는 버틸 수가 없었다.

'목걸이를 벗기는 척하면서 작동시켜 죽이면…….'

데이브는 이렇게도 생각해 보았다. 그러나 카리스도 그 정도는 생각하고 있었다.

"소니아, 혹시 실수로 내가 죽으면 이 두 놈의 관절을 모두 끊은 뒤 이목구비를 도려내고 온몸을 불태워서 죽여라."

"알겠습니다."

"……."

데이브로서는 다른 방법이 없었다.

이 난리가 벌어지고 있는데 경비들이 달려오지 않고 있다.

그러면 카리스를 죽인 뒤 소니아에게 관절이 모두 끊긴 뒤 이목구비를 도려내지고 온몸이 불태워져 죽는다고 해도 아무도 돕지 않을지도 모른다.

결국 데이브는 손을 덜덜 떨면서도 끝내 카리스의 목걸이를 온전히 벗겨주고야 말았다.

목걸이를 벗은 카리스는 자신의 목을 쓰다듬으며 작게 웃었다.

"후후, 이까짓 목걸이 때문에 숨도 크게 쉬지 못하고 살았었지."

"우, 우릴 어쩔 생각인가?"

벤이 물었다. 카리스가 대답했다.

"너무 걱정하지 마라. 당장 죽이지는 않을 테니까."

"……."

"그럼, 마무리를 해볼까?"

타악!

카리스는 손뼉을 치며 주문을 외었다.

잠시 후, 열 명도 넘는 사람들이 현장으로 달려오기 시작했다.

혹시 뒤늦게 상황을 알고 구원을 오는 것인가.

벤과 데이브는 그렇게 기대했지만, 잘못 짚은 것이었다.

"카리스님."

달려온 사람들은 모두 카리스에게 고개를 숙였다.

어이없어하는 벤과 데이브에게 카리스가 말했다.

"이들은 내 편이다."

"…어째서?"

"종종 마주칠 때 은밀하게 마법을 걸어 세뇌를 했지. 지금같이 필요한 때에 힘이 될 수 있도록."

마법으로 세뇌를 했다는 것까지는 어떻게 이해를 할 수가 있는 일이었다.

그러나 제우스 측에서도 카리스가 무언가 딴짓을 하지 못하도록 감시를 해오지 않았는가.

이제 와서 카리스가 이렇게 마음껏 휘젓고 다닐 수가 있다니 도저히 납득이 어려운 일이었다.

그런 벤과 데이브의 궁금증을 카리스가 풀어주었다.

"너희는 나를 어느 정도 자유롭게 움직이게 해주었지. 물론 내 능력을 빨아먹으려고 한 것이겠지만……. 그것이 실수였다. 감옥 같은데 가두고 철저히 감시했다면 나라도 이 정도의 일을 꾸미기 힘들었겠지만, 자유로이 움직일 수 있다면 이야기가 다르지. 너희의 눈을 피해 간단한 마법을 쓰고 다니는 것 정도는 간단했다."

"그럼 나나 데이브도 세뇌인지 뭔지를 한 거냐?"

벤이 묻자 카리스는 고개를 저었다.

"아니."

"어째서?"

"마법에도 한계는 있으니까. 너희 같은 힘없는 녀석들 보다는 전투에 능한 저 친구들을 세뇌하는 게 더 나았지."

카리스의 말대로 몰려온 것은 하나같이 전투에 일가견이 있는 자들이었다.

대체 카리스가 노리는 것은 무엇이라는 말인가. 아무튼 자신만을 위한 어떤 목적에 의한 것은 분명한 것 같았다.

"이게 대체 뭔 소리지?"

"무슨 일입니까?"

뒤늦게 소란을 인지하고 몇 명의 직원이 달려오기 시작했다.

그들을 본 카리스가 턱짓을 하자 소니아를 비롯한 카리스의 충복이 달려오는 직원들에게 총질을 시작했다.

"뭐, 뭐야!"

"젠장할. 비상사태다!"

아직 이 지역에 남아 있는 제우스의 직원들로서는 그야말로 외우내환이었다.

언제 밖에서 한국군이 덮칠지 모르는 판국에 내부에서도 난리가 터진 것이다.

이 외우내환은 이 지역의 경비 책임자인 마커스에게 전달되었다.

곳곳에 달린 CCTV를 통해 돌아가는 상황을 어느 정도 파악한 마커스가 머리를 감싸 쥐었다.

"빌어먹을. 카리스 저놈이……!"

잠시 고민하던 마커스가 명령했다.

"한국 정부에 이곳의 자료가 넘어가서는 안 된다. 카리스도 저대로 놔둘 수 없다. 쳐들어가서 안에 있는 모두를 죽이는 한이 있더라도 모두 박살 내고 자료들을 소거해!"

한시가 급하다는 것은 마커스도 잘 알고 있었다. 한시바삐 자신과 다른 직원들을 대피시켜야 했다.

그러나 이곳의 자료들을 한국 정부에 넘겨주거나 배신자 카리스를 살려둔다면 자신은 결코 무사하지 못할 것이다.

설사 이곳을 무사히 빠져나간다고 해도 제우스 측에서 자신을 가만 놔둘 리가 없었다.

사람 몇 명 죽이는 것은 아무렇지도 않게 생각하는 제우스다.

제우스의 충복인 자신의 목숨도 엄청난 실수를 저지른 뒤에는 파리 목숨이나 다를 바 없다는 것을 마커스는 너무도 잘 알고 있었다.

곧 마커스의 명령을 받은 무장 병력이 집결했다.

중무장을 한 그들은 배신자 카리스를 응징하고 그가 있는 곳에 존재하는 자료를 모두 소각하기 위해 출동했다.

하지만 무장 병력이 현장에 도착하기도 전에 급보가 전해져왔다.

"한국군입니다!"

한국군이 이 지역을 덮쳐온 것이었다.

불길이 코앞까지 다가온 셈이었지만 마커스로는 다른 방법이 없었다.

어떻게든 자료를 완전히 파기하고 탈출해야 했다.

"서둘러라!"

마커스가 명령을 내리고 잠시 후.

우르릉.

무언가 무너지는 소리와 함께 이상한 진동이 느껴지기 시작했다.

상황을 살피던 마커스는 바로 카리스가 있는 그 지점이 진동의 근원임을 알았다.

"이건 또 무슨 일이야?"

이어 무언가 알 수 없는 빛이 주변을 감쌌다.

얼마 후 빛이 사라지고, 낯선 존재가 나타났다.

"세, 세상에……."

낯선 존재를 본 마커스도, 다른 제우스의 직원들도 모두 경악을 금치 못했다.

한 번도 본 적이 없는 괴물이 등장한 것이었다.

* * *

카리스는 자신이 그린 거대한 마법진을 내려다보며 빙긋 웃었다.

이 정도로 크고 강력한 마법진은 결코 한순간에 뚝딱 만들어 낼 수 있는 게 아니었다.

이 제우스에 들어온 이후 조금씩 준비한 끝에 이제야 빛을 본 것이었다.

"그럼, 시작해 볼까?"

중얼거리며 카리스는 손가락을 튕겼다. 그러자 마법진이 조금씩 빛을 발하기 시작했다.

"안에 있는 것들은 다 죽여도 상관없다!"

바깥에서는 살벌한 외침과 함께 한 무리의 무장 병력이 이곳으로 진입하고 있었다.

마법으로 세뇌된 카리스의 충복들도 그들에게 맞서 총질을 함으로서 총격전이 한창이었다.

저쪽 무장 병력들도, 이쪽의 카리스 충복들도 모두들 다치거나 죽는 자들이 나왔다.

그런데 사람들은 죽어도 그냥 죽지 않았다.

그들이 피를 뿌리면서 쓰러지는 순간, 검붉은빛이 시신에서 솟아올라 마법진 안으로 빨려 들어가는 것이었다.

"잘되고 있군."

그 광경을 본 카리스가 중얼거렸다.

저 현상은 바로 근처에서 죽은 자들의 생명 에너지와 영혼의 에너지가 마법진으로 빨려 들어가는 것이었다.

애초에 이 에너지의 흡수가 마법진의 주된 목적 중 하나였다.

이렇게 때마침 전투가 벌어지지 않았다면 카리스가 직접 여럿을 죽였을 것이다.

죽은 자들의 에너지가 마법진에 빨려 들어갈수록 마법진은 점점 밝게 빛나기 시작했다.

처음에는 빛나는 것조차 알아보기 힘들 정도로 희미하던 빛은 이제는 어둠 속의 횃불처럼 밝아졌다.

'무, 무슨 일이 벌어지는 것인가.'

벤과 데이브가 똑같이 생각했다.

하지만 그들의 궁금증은 살아서 해결이 될 것이 아닌 모양이었다.

"너희도 그만 가거라."

휘익!

말과 함께 카리스가 손을 휘둘렀다.

날카로운 얼음 덩어리가 허공을 가르며 날아와 두 사람의 머리를 꿰뚫었다.

"끅!"

거의 동시에 사망한 두 사람의 에너지도 마법진으로 빨려 들어갔다.

그리고 전투는 계속되었고, 사망한 자들의 에너지도 계속해서 빨려 들어가고 있었다.

이제 카리스의 충복 중 살아남은 것은 두 사람밖에 없었다.

소니아와 또 한 명의 이름 모를 남자.

반면에 제우스 측에서는 여럿이 죽어 나갔지만 그것을 보충하는 무장 병력들이 계속해서 달려오고 있었다.

이대로라면 카리스 쪽의 전멸이 불가피한 상황.

그러나 카리스는 걱정하는 기색이 없었다.

"이제… 거의 다 끝났다."

눈부시게 빛나는 마법진을 바라보며 카리스가 중얼거렸다.

동시에 카리스의 충복인 남자가 이마에서 피를 뿜으며 쓰러졌다.

그 직후 소니아가 카리스의 충복을 사살한 상대를 저격했다.

한순간에 두 명의 사망자가 추가되었다.

그들 역시 에너지가 마법진 속으로 빨려 들어갔다. 그러자 빛이 폭발하듯 번쩍이며 주변을 감쌌다.

"끝났다."

말과 함께 카리스가 손가락을 튕겼다.

마법진의 빛이 한줄기를 이루어 뱀처럼 어디론 가로 흘러가기 시작했다.

"뭐, 뭐야?"

"피해!"

놀란 제우스의 무장 병력들은 자세히 알아보려 하지도 않고 몸부터 피했다.

그들 역시 마법이라는 것의 존재를 알고 있었기에 저 빛을 쐬는 것만으로도 몸에 해롭거나 혹은 목숨이 위태로울 지도 모른다고 여긴 것이다.

그러나 지금 흘러나오는 빛은 분명 마법에 의한 것이기는 했지만 그렇다고 사람의 건강을 해치는 종류의 것은 아니었다.

동작이 늦어 빛을 쐰 몇몇은 아무런 상처도 입지 않았다.

대신 빛줄기는 꿈틀거리며 무언가를 찾아 헤매듯 움직이다 마침내 어디론가로 직진하기 시작했다.

바로 조금 전 카리스가 직접 시체들을 처리한 곳이었다.

"저게 무슨……."

흘러가는 빛줄기를 바라보며 무장 병력들은 잠시 싸우는 것도 잊고 멍하니 바라보았다.

시체들이 가득 묻힌 구덩이로 흘러간 빛줄기는 구덩이를 향해 내리꽂혔다.

잠시 후, 지진이라도 일어난 듯 땅이 울리며 알 수 없는 굉음이 울리기 시작했다.

그러자 무장 병력들도 정신을 차렸다.

"어서 카리스란 놈을 죽여!"

일이 어찌 돌아가는지는 모른다.

하지만 카리스가 마법인지 뭔지 하는 무언가 괴이한 힘을 이용해 알 수 없는 짓을 하려는 것은 분명한 것 같았다.

그 짓이 무엇이든, 자신들에게 이로운 행위는 아닐 것이다.

그러니 최대한 빨리 카리스를 죽여 버리는 게 최선이다.

이런 제우스 무장 병력의 생각은 옳은 것이었다. 문제는 한 발 늦은 생각이었다는 것이다.

퍼엉.

둔탁한 폭발음과 함께 흙으로 묻어 놓은 구덩이가 크게 솟아올랐다.

마치 간헐천처럼 흙기둥이 하늘 높이 솟아오르며 주변을 황토색 안개로 물들였다.

그 황토색 안개 속에서 무언가 길쭉하고 거대한 그림자가 문득 문득 비쳤다.

안개는 생각보다 빨리 가라앉았고, 그림자 역시 본 모습을 보였다.

"헉, 저건?"

"괴, 괴물이다!"

구덩이에서 솟아올라 본 모습이 드러난 존재.

그것은 말 그대로 괴물이라고밖에는 표현할 수가 없었다.

피와 흙, 살 조각에 더럽혀져 검붉은색의 뼛조각과 해골들이 뭉쳐서 거대한 형상을 이루었다.

두께는 사람만 하고 길이가 수십 미터는 되는 것 같았다.

뼈들이 길게 늘어진 형상은 뱀의 모양을 연상시켰지만, 그저 뱀이라고 부르기에는 너무나도 기괴했다.

솟아올랐다 바닥에 착지한 뼈들이 움직일 때마다 피와 살 조각, 흙이 바닥을 흩뿌리며 더럽혔다.

잠시 꿈틀거리던 뼈들은 곧 움직이기 시작했다.

다리 없는 뱀 형태의 생물이라고는 믿지 못할 만큼 빠른 속도로 움직이며 똑바로 카리스가 있는 쪽을 향했다.

"괴물이 움직인다!"

"죽여!"

이곳저곳에서 외침 소리와 함께 총성이 울려 퍼졌다.

총성과 함께 날아간 총탄들이 뼈들에 맞을 때마다 기분 나쁜 쇳소리와 함께 뼛조각이 튀었다.

그런데 튀거나 깨져나간 뼛조각들은 곧 자석에 붙듯 다시 뼈들에게 엉겨 붙어 본래의 형태로 돌아가 버리는 것이었다.

총이 큰 효용을 발휘하지 못하는 가운데 뼈들은 카리스가 있는 건물로 짓쳐 들어갔다.

문이나 창문을 이용하는 대신 그대로 벽을 들이받았다.

벽돌을 쌓아 만든 벽이 그대로 부서지며 뼈들은 카리스가 있는 곳에 고개를 내밀었다.

"으아악!"

"저건 뭐야!"

카리스와 대치하고 있던 무장 병력이 비명을 내질렀다. 그들에게 대답하듯 카리스가 작게 중얼거렸다.

"그랜드 스켈레톤. 성공이군."

그랜드 스켈레톤. 카리스가 쓸 수 있는 최고 레벨의 사령술로 인해 탄생한 괴물.

이놈을 탄생시키기 위해 카리스는 제우스와 함께한 시간 동안 틈만 나면 마력을 투자하고 몰래 마법을 준비해 왔다.

그 결과가 이 무시무시한 그랜드 스켈레톤인 것이었다.

수십 수백의 뼈가 뭉쳐 탄생한 죽었으되 살아 있는 괴물. 지금껏 카리스가 만든 어떠한 것보다 강력한 존재.

"일단 저들을 모두 없애라."

카리스의 명령을 받은 그랜드 스켈레톤이 움직이기 시작했다.

첫 번째 목표는 카리스와 대치하고 있던 무장 병력이었다.

복잡한 공격 따위는 필요 없었다.

그저 달려들어 육중한 몸으로 들이받는 것만으로도 충분했다.

"으악!"

"살려줘!"

절규와 함께 무장 병력들은 하나하나, 혹은 한 번에 여럿이 다져졌다.

수십 명이나 되던 무장 병력들은 곧 전멸해 버렸다.

"이제 이곳을 쓸어버려라."

카리스의 두 번째 명령을 받은 그랜드 스켈레톤은 지체없이 이 지역 전체를 쓸어버리기 시작했다.

"쏴! 쏘라고!"

"폭탄이라도 가져와 날려 버려!"

자신들의 상대가 외모만큼이나 힘도 비상식적인 괴물이라는 것을 깨달은 제우스 측에서도 강력한 무기를 동원했다.

일개 기업이 대체 어디서 이런 무기를 가져온 것인지 의문일 만큼 막강한 중화기들이 그랜드 스켈레톤을 덮쳤다.

경기관총이니 대전차포니 하는 무기들이 그랜드 스켈레톤에게 틀어 박혔다.

일반 소화기와는 비교가 안 되는 위력을 가진 무기들의 공격에 그랜드 스켈레톤도 부서지고 여러 조각이 나 흩어졌다.

"끝났나?"

누군가가 중얼거렸다. 그러나 끝난 게 아니었다.

조각난 그랜드 스켈레톤들이 제각각 움직이며 기지 내 사람들을 도륙내기 시작한 것이다.

"괴물이다!"

이미 여러 사람이 되뇌었을 말을 외친 한 직원이 그랜드 스켈레톤의 공격에 박살이 났다.

다른 직원들도 그랜드 스켈레톤의 공격에 뼈도 추리지 못했다.

여럿이 흩어져 기지 내 사람들을 살육한 그랜드 스켈레톤은 천천히 합쳐지기 시작해 예전처럼 하나의 거대한 존재가 되었다.

그렇게 임무를 완수한 그랜드 스켈레톤을 바라보며 카리스는 흐뭇하게 웃었다.

"내 최고의 걸작이다. 대단하지 않나?"

카리스의 말은 옆에 있던 소니아를 향한 것이었다.

그러나 이미 영혼이 날아가 버린 소니아는 자기 의지로는 대답조차 할 수 없었다.

카리스라고 그 사실을 모를 리 없었다.

그저 일이 제대로 되었다는 흐뭇함에 잠시 농담 삼아 한 말일 뿐이었다.

우르릉.

때마침 바깥에서 요란한 소리가 울려 퍼지기 시작했다.

카리스는 이것이 이 차원에서 운용하는 '말 없는 마차'. 즉 자동차 여러 대가 오는 소리라는 것을 알아들었다.

"너희는 포위되었다! 항복하라!"

"항복하지 않으면 이 자리에서 사살하겠다!"

밖에서 외치는 자들은 물론 한국군이었다.

한국 정부에서 단단히 벼르고 온 만큼 항복을 권하는 외침에도 상당히 날이 서 있었다.

"역시 왔는가……."

중얼거리며 카리스는 건물 바깥을 바라보았다.

아직 카리스가 있는 곳에서의 시야로는 쳐들어온 한국군의 모습이 보이지 않았다.

하지만 지금까지의 경험으로 미루어 보건대 어떻게 쳐들어 왔을지는 짐작이 가고도 남았다.

그 총이라는 무시무시한 무기를 가진 자들이 우르르 몰려왔을 것이다.

실험체, 즉 유석은 저들과 함께 있을까.

그렇다면 이 자리에서 바로 결판을 내 버리면 되지만 아니라면 좀 더 시간을 끌 필요가 있다.

"한번 날뛰어 볼까."

여러 가지로 상황을 알아보려면 그랜드 스켈레톤을 날뛰게 하는 것만큼 확실한 방법이 없다.

타악!

카리스는 마법으로 몸을 숨긴 뒤 손가락을 튕겼다.

그러자 그랜드 스켈레톤이 꿈틀거리며 엄청난 속도로 한국군에게 다가가기 시작했다.

마법으로 몸을 숨긴 카리스가 가만히 그 뒤를 따랐다.

"저게 뭐지?"

"이상한 게 다가오고 있습니다!"

멀리서 그랜드 스켈레톤이 다가오는 걸 본 군인들은 긴장했다.

군인들 역시 카리스의 존재와 그가 무언가 비상식적인 일을 할 수도 있다는 언급을 들은 것이었다.

그러나 나타난 것은 군인들의 상상을 초월한 존재였다.

다가온 그랜드 스켈레톤의 모습을 본 군인들은 경악했다.

"세상에!"

"저게 뭐야?"

"괴물이다!"

군인들보다 한발 먼저 그랜드 스켈레톤을 목격한 제우스 직원들과 비슷한 반응이었다.

사실 그랜드 스켈레톤은 마법이 일상화된 레넌 제국에조차 보통 사람들에게 괴기한 존재로 취급받고 있다.

이 지구라는 차원의 인간들에게는 말 그대로 괴물 취급 받는 게 당연했다.

탕!

탕탕탕!

발포 명령이 없었는데도 불구하고 총성이 울려 퍼졌다. 누군가 공포심에 자기도 모르게 방아쇠를 당긴 것이다.

하지만 군 측에서는 명령 없이 발포한 자를 탓하지 않았다. 곧 발포 명령이 내려졌다.

"쏴라!"

기다렸다는 듯 총성과 함께 총탄 세례가 쏟아졌다.

명색이 정규군 부대가 일제사격을 한 것이라 그 화력은 조금 전 제우스 병력의 일제사격을 능가하는 것이었다.

총성과 뼈가 깨지고 부서져 나가는 소리가 끔찍한 하모니를 이루었다.

그러나 몸이 깨져 나가고 부서져 나가도 그랜드 스켈레톤은 쓰러지지 않았다.

이곳저곳이 부서진 채 꿈틀거리는 그랜드 스켈레톤의 모습은 멀쩡할 때보다도 더욱 공포스러운 것이었다.

심지어 저렇게 부서졌는데도 목숨이 위태롭거나 하는 모습으로는 보이지 않았다.

사실 살아 있는 존재인지조차 의심스러웠지만 말이다.

"뭐야, 저거……."

놀란 누군가의 중얼거림을 듣기라도 한 것일까.

그랜드 스켈레톤이 갑자기 달려들어 왔다.

총을 쏴도 멈추지 않고 거대한 뼈 몸체를 휘두르며 달려오는 그랜드 스켈레톤의 모습은 공포 그 자체였다.

"으아악!"

패닉에 빠진 한 병사가 비명을 내지르며 몸을 돌렸다.

다른 병사들도 크게 나을 건 없었다.

후퇴 명령이 없었는데도 불구하고 각자 몸을 돌려 달아나기 시작했다.

"후, 후퇴! 후퇴하라!"

한발 늦게 후퇴 명령이 떨어졌다. 그러나 그랜드 스켈레톤은 후퇴를 가만히 용납하지 않았다.

"크악!"

그랜드 스켈레톤의 진로에서 있던 병사 몇이 그대로 뭉개졌다.

끔찍하게도 몸 일부가 깔린 자들부터 몸 전체가 깔려 형체조차 유지하지 못하게 된 자들도 있었다.

그렇게 돌격해 온 그랜드 스켈레톤은 그대로 군인들이 타고 온 지프차를 들이받았다.

요란한 소리와 함께 지프차가 공중에 떠 공중제비를 넘다가 바닥에 처박혔다.

이 현장에서는 그랜드 스켈레톤을 막을 자가 없었다.

45장

괴물

유석이 연락을 받은 것은 한창 현성의 진료를 받고 있는 도중이었다.

―큰일 났어!

은아의 다급한 목소리에 유석은 직감했다.

"카리스 놈이 뭔가 일을 저질렀나?"

―카리스라고 확정된 건 아니지만… 아무래도 그쪽이 유력해.

"대체 무슨 일인데?"

―괴물이 나타나 주변 지역을 들쑤시고 있어.

"괴물이라고?"

—영상을 보내줄게.

잠시 후 유석의 휴대폰으로 괴물의 영상이 찍혔다.

괴물, 곧 그랜드 스켈레톤의 모습을 본 유석도 놀랐다.

"이건 대체……?"

괴물 그 자체였던 이름 모를 존재와 싸운 지 얼마 되지 않았건만, 이 그랜드 스켈레톤의 위용은 그 이름 모를 존재마저 초라하게 만들 정도였다.

그저 그랜드 스켈레톤이 움직이는 모습으로도 충격적이었다.

이어 휴대폰에서 상영된 그랜드 스켈레톤이 날뛰며 군인들을 학살하고 자동차를 때려 부수는 모습은 충격을 넘어 경악스럽기까지 했다.

"괴물……."

자기도 모르게 유석이 중얼거렸다.

근처에 있던 현성도 호기심을 못 이기고 유석의 곁에 다가왔다.

휴대폰 영상을 본 현성이 눈을 동그랗게 뜨며 물었다.

"뭔가 이거. 영화인가? 아님 미국 드라마?"

"현실입니다. 카리스 놈이 관여한 것 같습니다."

"그, 그런가. 이거야 원. 서울 상공에 나타난 나는 배 이후로 가장 충격적인 장면인 것 같군. 아니, 그거보다도 더 한 것 같은데. 날는 배는 그래도 배였지만 이건 완전 괴물이 아닌가. 우리가 마법이라는 것을 상대로 이겼지만 역시 그 마법이라는 문물도 무시할 게 아닌 것 같아."

충격을 받아도 여전한 현성의 수다가 BMG처럼 흐르는 가운데 휴대폰 영상이 끝났다.

유석은 다시 은아와 통화를 재개했다.

"이 괴물은 아직 어떻게 못 한 거지."

그래, 더 큰 문제는 이놈이 근방에 도시로 갔다는 거야.

"도시?"

—응. 그렇게 크지는 않지만 인구 몇 만의 도시가 있다고. 내가 지금 무슨 소리인지 알겠어?

"민간인 피해가 커질 수 있다고."

—그래.

"예전에 레넌 제국 놈들이 서울을 공격했을 때처럼 쓸어버리면 안 되나? 탱크와 전투기를 동원하면 아무리 이 괴물이라도 박살 낼 수 있을 것 같은데."

—곤란해. 이 괴물이 향한 곳은 서울처럼 대로가 있는 계획도시가 아니라 말 그대로 막 지어진 곳이야. 길도 그렇고 여러 가지로 엉망이라 탱크나 전투기는 고사하고 헬기도 뜨기 힘들대. 그래서 말인데…….

은아는 말끝을 흐렸지만 무슨 말을 하려는 것인지는 명백했다.

탱크 같은 강력한 병기를 운용하기 곤란한 지역이라면 인간 병기가 출동하는 게 최선일 것이다.

지금 한국이 보유한 최강의 인간병기가 누구인가. 대답은 물론 유석이었다.

유석의 시선이 현성을 향했다.

현성은 무언가 주저하다 한숨을 쉬며 고개를 끄덕였다.

"아직 자네 컨디션이 완전하지는 않아. 하지만 자네는 가려는 거지?"

"네, 저 괴물 곁에는 분명 카리스가 있을 겁니다."

"하지만 증거가 없잖나. 그 영상에도 카리스의 모습은 없었고 말이네."

"증거는 없어도 확신할 수 있습니다. 이 괴물 곁에는 카리스가 있습니다. 그리고 저는 둘 다 박살 낼 겁니다."

논리적으로는 그다지 납득할 수 없는 유석의 말이었다.

그러나 논리로 어떻게 유석을 설득할 수 없다는 것은 현성도 잘 알고 있었다.

"조심하게나."

"알겠습니다. 다치게 되면 또 잘 부탁합니다."

"정말 못된 환자로군. 퇴원하면서 또 다칠 생각부터 하고 있다니."

현성의 걱정 섞인 야유를 받으며 유석은 다시금 출동 준비를 했다.

막 출동 준비를 마칠 즈음, 유석은 한 통의 전화를 받았다.

차원 이동 장치 관련 프로젝트를 맡고 있는 과학자 민문영의 전화였다.

"네, 전화 받았습니다."

전화를 받고 문영의 이야기를 듣던 유석의 눈이 커졌다.

"그게 사실입니까?"

—네, 그러니 카리스는…….

*　　*　　*

괴물, 곧 그랜드 스켈레톤이 향한 곳은 현월군이라는 곳이었다.

한반도가 남북한으로 나뉘었던 시절에는 존재하지 않은 지명으로서 통일 후 새로 만들어진 행정구역 중 한 곳이다.

사실 이 현월군은 제대로 국가나 지역정부의 주도하에 만들어진 곳이 아니었다.

통일 후 사회의 혼란 속에서 만들어진 할렘 지역이 인구 몇만의 도시급으로 성장하고 해체도 곤란해지자 궁여지책으로 이름을 붙이고 행정구역으로 만든 것이었다.

연유야 어찌 되었든 일단 행정구역이 된 이상 나름대로 정비 및 보수를 할 계획은 있었다.

하지만 여러 가지 문제가 얽혀 하루하루 미뤄지는 게 현실이었다.

범죄와 사고는 일상이라고 해도 과언이 아닌 곳. 현월군.

하지만 이 현월군은 오늘 유래가 없는 재앙을 마주했다.

"괴물이다!"

"사람 살려!"

그랜드 스켈레톤이라는 이름의 괴물이 도시를 덮쳤다.

현월군에 살던 사람들은 태반이 힘없는 빈민들.

그들로서는 미친 듯이 날뛰는 거대한 뼈의 행진을 막을 수가 없었다.

"젠장. 쏴라 쏴!"

"안 됩니다! 권총으로는 이빨도 안 먹히는 것 같습니다!"

"염병할!"

도시 안에 부족하나마 경찰 조직이 갖춰져 있었고, 당연히 그랜드 스켈레톤에게 맞섰다.

그러나 경찰용 권총 따위로는 역부족이었다.

경찰 몇 명이 그랜드 스켈레톤에게 죽거나 부상을 입은 뒤로는 경찰들도 제대로 맞설 엄두를 내지 못했다.

그렇게 그랜드 스켈레톤은 도시를 들쑤시며 파괴의 행진을 이어갔다.

얼마 후, 마침내 구원군이 도착했다.

수만과 은아를 비롯한 국정원의 카리스 체포팀 최정예 요원들. 그리고 경찰 특공대와 군부대 병력 등이었다.

"들은 대로 길이 엉망진창이군. 이래가지고 서야 탱크 같은 건 도저히 못 들어오겠군."

지역을 둘러본 수만이 말했다.

길이 험하거나 망가진 건 둘째 문제고 길 자체가 좁고 복잡해서 도저히 탱크 같은 크고 믿음직스러운 병기를 동원할 수는 없을 것 같았다.

그렇다고 손 놓고 있을 수도 없었다.

그랜드 스켈레톤의 습격 이후 수많은 사람이 도시를 빠져나갔지만 아직도 빠져나가지 못한 사람들이 수두룩하다.

이 시간에도 희생자 숫자는 기하급수적으로 늘어나고 있을 터.

이 도시 안에서 끝장을 봐야만 했다.

"이 괴물에게 어지간한 소화기는 통하지 않는다는 모양이다. 화력이 약한 무기는 보조용으로만 쓰고 어떻게든 센 놈으로 저걸 박살 내도록!"

군 장교가 상황을 설명했다.

레넌 제국의 서울 침공부터 몇 가지 초과학적인 사건들을 겪은 사람이라 거대한 뼈 괴물이 도시를 공격하고 있는 사태 속에서도 꽤나 침착했다.

상황은 장교가 말한 대로였다.

경찰이나 몇몇 군인이 이미 약한 소화기로는 상대가 안 된다는 것을 증명했다.

그렇다고 무작정 센 놈을 가지고 공세를 퍼붓는 것도 곤란했다.

아직 사람들이 많이 남아 있는 도시다.

그곳에서 중화기로 집중포격 같은 것을 함부로 퍼부었다가는 얼마나 많은 민간인이 사망할지 짐작조차 하기 어렵다.

최악의 상황이 아니라면 그런 일만은 반드시 피해야만 했다.

모두들 준비를 하기 시작했다.

탱크는 들어갈 수 없지만 꿩 대신 닭이라고 중기관총을 장착한 지프 등이 등장했다.

뚜두두두두—

그러던 중 헬리콥터 한 대가 날아왔다.

가장 먼저 내린 것은 유석이었다.

이어 몇 명의 외국인도 함께 내렸다. 바로 제임스를 비롯한

CIA에서 파견된 전투 요원들이었다.

"오랜만입니다."

수만을 비롯한 국정원 요원들은 무언가 들은 게 있는지 별로 놀라지도 않으며 CIA 요원들을 맞이했다.

제임스가 국정원 요원들에게 말했다.

"앞으로도 계속 함께하게 될 것 같으니 잘 부탁합니다."

"그래야지요."

"일단 저 괴물부터 처치를 하는 게 우선이겠지요. 그리고 카리스라는 녀석도."

"네, 도와주신다니 감사합니다."

그런 수만과 제임스의 이야기를 들으며 유석은 멀리서 일렁이는 흙먼지를 바라보았다.

아마 저 흙먼지는 그 뼈 괴물이 날뛰는 흔적일 것이다.

'이번에야말로 정말 끝장을 보겠다.'

다짐하며 유석은 허리에 찬 AA-12를 만지작거렸다.

저 괴물은 물론 카리스까지 이번에야말로 확실하게 처리해 버릴 것이다.

"그나저나 카리스가 저 괴물과 함께 있을지 모르겠군요."

제임스가 당연히 가질 수 있는 의문을 제기했다. 유석이 단호하게 대답했다.

"있을 겁니다."

"증거는 뭡니까?"

"내 예감."

"뭐라고요?"

"내 예감입니다. 카리스는 틀림없이 저 괴물과 함께 있을 겁니다."

지금 같은 중차대한 일에서 예감을 운운하다니.

여느 사람이라면 그 무슨 비논리적인 이야기를 하는 것이냐고 비난 받았을 것이다.

그러나 제임스는 그렇게 유석을 비난하고 픈 생각은 들지 않았다.

유석의 예감이라니 왠지 모르게 정말 그럴지도 모른다는 생각이 드는 것이었다.

사실 눈앞에서 저런 괴물이 날뛰는데 따로 카리스의 행방을 찾을 겨를은 없었다. 지금은 저 괴물을 처리하는 게 먼저였다.

"그 예감이 맞기를 바라야겠군요."

"마찬가지입니다."

"그럼 출동!"

수만의 외침과 함께 모두들 몇 대의 지프차에 나눠 타 괴물을 향해 출동했다.

괴물, 곧 그랜드 스켈레톤은 생긴 것과는 다르게 상당히 영민하게 움직였다.

맨몸으로 군 부대에게 돌진하는 어리석은 일은 결코 하지 않았다.

복잡한 도시 길을 휘젓고 다니며 집중 공격을 피하면서 흩어진 상대를 하나하나 상대하거나 계속해서 도시를 휘젓고 다니는 전술을 구사했다.

이것은 우연으로는 나올 수가 없고 그랜드 스켈레톤에게 뛰어난 지성이 있거나, 뛰어난 지성을 가진 자가 조종을 한다는 증거였다.

그것이 과연 카리스일까. 그것은 괴물과 싸워 봐야 알 일이었다.

"저기 보입니다!"

선두에 달리던 지프에서 그랜드 스켈레톤을 발견하고는 모두에게 알렸다.

이 지프에는 유석도 탑승하고 있었다.

"빌어먹을. 정말 괴물이군."

지프를 운전하던 운전병이 뇌까렸다

이곳에 괴물이 날뛴다는 것을 알고 출동한 것이지만, 그럼에도 불구하고 눈앞에서 거대한 뼈 괴물이 날뛰는 것을 보고 있자니 아무래도 평정심을 가지기는 힘든 모양이었다.

어차피 이 지프는 공격용이라기보다는 유석 수송용이다.

그 이상을 기대하기는 어렵다고 여긴 유석이 말했다.
"나를 근처에 내려두고 물러가도 좋습니다."
"알겠습니다."
지프는 그랜드 스켈레톤 근처까지 다가가 멈췄다.
그렇게 유석을 내려준 뒤 그대로 뒤로 돌아 달리기 시작했다.
그랜드 스켈레톤은 그런 지프를 순순히 놔줄 생각이 없는 듯했다.
용틀임치며 지프를 쫓으려고 하는 그랜드 스켈레톤에게 유석이 외쳤다.
"이봐! 내가 상대하겠다!"
저 뇌도 없는 뼈 괴물이 사람 말을 알아들을지는 미지수다.
하지만 자신의 생각대로 카리스가 근처에 있다면, 그 카리스가 저걸 조종하는 것이라면 분명 반응할 것이다.
이것이 유석의 생각이었다. 그리고 그 생각이 맞았다.
쿠르르.
땅을 긁는 소리와 함께 그랜드 스켈레톤은 지프를 내버려두고 유석을 향해 달려오기 시작했다.
유석은 피하지 않고 AA-12를 들어 방아쇠를 당겼다.
퉁퉁퉁—
둔탁한 굉음과 함께 강력한 슬러그 탄이 그랜드 스켈레톤에게 쏟아지기 시작했다.

보통 총탄과는 비교를 불허하는 커다란 납덩어리로 된 슬러그 탄의 세례는 소화기로서는 어마어마한 화력이었다.

코끼리나 공룡이라도 버티지 못 할 것이다.

문제는 그랜드 스켈레톤의 맷집은 코끼리나 공룡을 크게 상회한다는 것이었다.

슬러그 탄에 얻어맞을 때 마다 주먹만 한 뼛조각이 바닥에 흩날렸지만 그랜드 스켈레톤은 개의치 않고 유석을 향해 돌격해왔다.

'이제는 놀랍지도 않아.'

속으로 중얼거리며 유석은 몸을 날렸다.

간발의 차이로 그랜드 스켈레톤의 거구가 유석을 스치고 지나갔다.

바로 그때였다.

휘익!

무언가 바람을 가르며 유석을 향해 날아온 것은. 유석은 육감이 경고하는 대로 몸을 돌려 총탄을 퍼부었다.

날아온 것은 얼음으로 만들어진 창이었다.

유석을 꿰어버릴 기세로 날아오던 얼음 창은 총탄에 적중당해 박살이 나 흩어졌다.

"카.리.스!"

유석이 큰소리로 외쳤다.

비록 모습은 보이지 않았지만 얼음 창은 마법으로 인한 것이며 마법을 쓴 건 카리스라는 사실을 유석은 바로 깨달았다.

카리스의 대답은 돌아오지 않았다.

주변을 살펴봐도 카리스의 모습 역시 보이지 않았다. 아마 어딘가에 몸을 숨긴 채 유석을 응시하고 있을 것이다.

문득 유석이 시선을 돌렸다.

눈으로는 보이지 않지만 무언가 수상한 공기가 느껴지는 방향이었다.

분명히 아무것도 보이는 건 없지만, 그럼에도 불구하고 유석의 감각은 저 곳에 누군가 있다고 말하고 있었다.

유석은 총을 겨누고 방아쇠를 당겼다.

무언가가 움직이는 기척이 느껴졌다.

저게 카리스라면, 이대로 박살 낼 수 있을 것 같았다.

그러나 그랜드 스켈레톤이 가만히 있지 않았다.

유석은 자신의 뒤를 덮쳐온 그랜드 스켈레톤의 돌격을 피하느라 몸을 굴려야 했다.

콰쾅!

뭔가 크게 부서지는 소리와 함께 그랜드 스켈레톤의 돌격에 휘말린 건물과 전봇대가 무너져 내렸다.

벽돌과 콘크리트 조각들이 그랜드 스켈레톤과 유석을 동

시에 덮쳤다.

"윽, 젠장."

콘크리트 조각에 얻어맞은 유석이 신음을 흘렸다.

그나마 작은 조각이라 타박상으로 끝났지 큰 조각이었다면 중상을 입었을 것이다.

지금 상황에서 중상은 사망과 크게 다르지 않자.

그렇게 유석이 주저하자 다시 얼음 창이 날아왔다. 유석은 크게 도약하여 얼음창을 피해냈다.

그런 유석에게 그랜드 스켈레톤이 다시 돌격하려고 했다.

펑!

유난히 큰 총성이 울려 퍼졌다.

그랜드 스켈레톤의 머리에 주먹보다도 훨씬 큰 구멍이 생겨나며 몸뚱이가 조금 뒤로 밀렸다.

유석을 도와준 것은 군에서 파견된 저격수였다.

그의 손에는 사람 잡는 대인저격총이 아니라 장갑차도 뚫을 수 있는 대물저격총이 들려 있었다.

때마침 나타난 구원군.

물론 예정된 것이었다.

아무리 유석이라도 도시를 파괴하고 다니는 괴물을 혼자서 상대하는 건 무모하니 말이다.

"쏴라!"

이어 중기관총을 장착한 지프 몇 대가 나타났다.

연속적인 굉음과 함께 여느 소화기와는 차원이 다른 묵직한 중기관총탄이 쏟아졌다.

팍.

둔탁한 소리와 함께 그랜드 스켈레톤의 머리, 정확히 말하자면 머리처럼 생긴 부분이 절단되어 바닥에 떨어졌다.

중기관총의 화력을 집중시킨 결과였다.

문제는 그랜드 스켈레톤의 머리 부분과 몸뚱이 부분이 따로 움직이기 시작하는 것이었다. 두 마리의 괴물이 되어 지프를 덮쳤다.

"흩어져라!"

명령소리에 지프들이 제각각 흩어졌다.

그랜드 스켈레톤 머리와 몸뚱이는 그중 한 지프를 집중적으로 쫓았다.

미끈한 길에서 전속력으로 경주를 하면 지프 쪽이 더 빨랐을 것이다. 그러나 엉망진창이고 꼬불꼬불한 도시 길에서는 아무리 군용 지프라도 제 속도를 내지 못했다.

반면에 그랜드 스켈레톤은 제 속도를 다 냈다.

결국 따라잡은 그랜드 스켈레톤의 머리와 몸뚱이가 함께 지프를 들이 받았다.

지프가 허공에 떠올랐다 바닥에 나뒹굴었다.

안에 탄 군인들의 생사는 몰라도 최소한 전투불능에 빠진 건 명백했다.

지프 한 대를 결단 낸 그랜드 스켈레톤은 두 동강 났던 몸을 다시 합쳤다.

그 광경을 지켜보던 누군가 기가 막혀 중얼거렸다.

“저런 걸 어떻게 죽이라는 거야.”

한 몸이 된 그랜드 스켈레톤이 다른 지프를 쫓기 시작했다.

쫓기던 지프에서 문득 누군가 나와 들고 있던 무기를 겨누었다.

퉁.

총성과는 다른 소리와 함께 날아간 탄이 그랜드 스켈레톤에게 적중했다.

곧 폭발이 일어나며 그랜드 스켈레톤을 움찔거리게 했다.

“폭발 무기가 더 잘 통하는 모양이군.”

유탄 발사기를 재장전하며 제임스가 말했다.

상대하는 게 괴물이라 이쪽에서도 여러 가지 무기를 챙겨왔다.

유탄 발사기뿐만이 아니라 대전차포니 무반동총이니 하는 것을 가져온 사람들도 있었다.

“발사!”

로켓 공격이 시작되었다. 폭발음이 이어지며 그랜드 스켈레톤이 여러 조각이 나 흩어졌다.

그러나 그것이 끝이 아니었다.

"염병할. 저게 뭐야?"

대전차포를 들고 있던 병사가 뇌까렸다.

연쇄 폭발에 십수 조각이 나 흩어진 그랜드 스켈레톤이 원래대로 돌아가는 광경이 펼쳐진 탓이었다.

누구라도 경악하지 않을 수가 없었다. 정말 불사신을 상대하는 것이라는 말인가.

"폭격기라도 불러야 하나……."

작전에 참여한 장교가 중얼거렸다.

그 와중에 원래대로 돌아 간 그랜드 스켈레톤이 다시 날뛰기 시작했다.

"쏴! 쏴라!"

효과가 있든 없든 가만히 당할 수는 없었기에 다시 중화기의 세례가 펼쳐졌다.

여러 조각이 나면서도 다시금 원래대로 돌아가는 것도 조금 전과 다를 바 없었다.

"……."

모두의 머릿속에 후퇴라는 두 글자가 떠오르기 시작했다.

유석이라고 예외는 아니었다.

저런 괴물을 대책 없이 상대하는 건 무리 아니겠는가.

'응?'

그런데 유석은 무언가 이상한 것을 느꼈다.

전에 상수가 가져왔던 마법 스크롤에서 느꼈던 기운.

어쩌면 이전에도 이후로도 카리스와 관련된 곳에서 여러 번 느꼈을 기운.

바로 마나의 기운이었다.

사실 마나의 기운은 계속해서 느껴지고 있었다.

그러나 유석이 새삼 마나의 기운을 느낀 것은 무언가 심상치 않은 흐름을 느낀 탓이었다.

마치 블랙홀처럼 무언가 중심에서 마나를 빨아들이는 듯한 흐름.

유석은 그 흐름의 중심이 있는 곳으로 시선을 돌려 보았다.

마나 흐름의 중심.

바로 그랜드 스켈레톤의 몸뚱이 부분이었다. 박살이 났던 곳이 막 원래대로 돌아가는 참이었다.

"저건……?"

폭발에 휘말려 부서진 그랜드 스켈레톤의 몸뚱이 틈 사이로 무언가가 보였다.

상아빛으로 빛나는 구체의 일부였다.

조금 드러난 것을 보건데 구체는 최소한 사람의 머리만큼은 되어 보이는 크기였다.

'저 괴물의 움직임은 결국 마나인지 뭔지 하는 것의 영향을 받는 것 같다. 그리고 저 상아빛 구체가 그 마나의 중심이라면… 그렇다면…….'

유석은 급히 자기가 알아낸 것을 무전기를 통해 알렸다. 유석의 보고를 들은 수만이 물어왔다.

"그러니까 자네 말은 저 괴물의 약점을 찾아냈다는 말인가?"

"확실히는 모르겠습니다만 아마도 그런 것 같습니다."

"아마도라니, 지금 상황에서 아마도라고? 만약 아니면 어떻게 책임질 텐가."

"물증이 없으니 아마도라고밖에는 말씀드릴 수가 없겠습니다. 그러나 저는 제가 찾아낸 그곳이 저 괴물의 약점이라고 확신합니다."

이런 유석의 말에 수만은 잠시 고민했다. 그러나 눈 앞에서 괴물이 날뛰는 상황이라 오래 고민할 시간조차 없었다.

"…하는 수 없군. 다른 방법이 없으니."

"실망시켜드리지 않게 최선을 다 하겠습니다."

"그래. 우리가 어떻게 도와주면 되겠나?"

"지금처럼 중화기를 쏴 갈겨서 제가 말한 약점이 드러나게 해주십시오. 약점이 드러나면 이후로는 제가 마무리를 짓겠습니다."

결국 자신의 생각을 증명하기 위해 유석은 가장 위험한 역할을 자청하고 나선 것이었다.

그런 유석의 무전을 받은 수만은 잠시 생각해 보았다.

이대로 그냥 돌아가면 이 도시의 민간인들이 얼마나 피해를 입을 지 상상조차 할 수 없다.

막대한 피해를 감수하고서라도 저 괴물을 박살 내기 위해 폭격기라도 부른다고 해도 그 일이 잘되리라는 보장도 없었다.

저 괴물이 계속해서 움직이고 도망 다니면 어쩌는가 말이다.

물론 레넌 제국의 침공도 물리친 한국군이 저 괴물 하나에게 끝까지 농락당하리라고는 생각되지 않았다.

그러나 이대로라면 피해가 너무나도 클 것이었다.

'또 유석 요원에게 기대를 걸어볼 수밖에 없나.'

결국 수만은 결정을 내렸다.

"알겠다. 한번 협조를 구해보지."

수만은 곧 출동한 군부대와 CIA 요원들에게 유석의 말을 알렸다.

"괴물의 약점이라……."

"그 사람의 의견이라면 그럴듯한 것 아니겠소?"

"확실히 유석 요원이라면."

지금까지 유석이 쌓아온 신뢰가 빛을 발하는 순간이었다.

레넌 제국 관련된 임무에서는 그야말로 다른 사람은 흉내도 못 낼 업적을 보여준 유석이다.

그렇기에 이번에도 유석이라면 무언가 해낼 수 있으리라는 믿음은 한국군은 물론 CIA 요원들까지 가지고 있었다.

“그렇게 합시다.”

의견이 모아지자 수만은 유석에게 무전을 보냈다.

“좋다. 자네 의견대로 하기로 했다.”

“알겠습니다.”

“그래, 약점이 드러난 뒤에는 어떻게 할 생각인가. 생각해 둔 게 있나?”

“네, 특별한 놈을 챙겨왔습니다.”

“알겠다. 그럼 시작하지. 조심하도록.”

무전을 끝낸 유석은 휴대하고 있던 탄약을 확인했다.

지금 휴대하고 있는 탄환은 드럼 탄창으로 10개 정도.

대부분은 일반적인 슬러그 탄이 들어 있는 탄창이었지만 하나가 좀 특이한 탄이었다.

유석은 ‘특이한 탄’ 이 든 탄창을 다시 한 번 확인한뒤 작전을 기다렸다.

“쏴라!”

외침과 함께 다시 한 번 중화기의 폭풍이 그랜드 스켈레톤을 향해 쏟아졌다.

이번에는 그랜드 스켈레톤도 얌전히 숨거나 피하지만 않았다.

번쩍!

갑자기 눈부신 섬광이 터져 나왔다. 누구도 섬광탄 같은 것을 터뜨린 일이 없었는데 말이다.

"뭐, 뭐야!"

"젠장. 안 보여!"

모두의 시선은 그랜드 스켈레톤을 향해 고정되어 있었다.

그런 상황에서 갑작스레 터진 섬광은 모두의 시선을 일시적으로 빼앗기에 충분했다.

그랜드 스켈레톤이 돌격했다. 지프 한 대가 공중제비를 넘고 건물에 부딪쳐 아예 폭발해 버렸다.

"……."

누구의 시야도 닿지 않는 곳에서 몸을 숨긴 채 그 광경을 응시하는 남자가 있었다.

바로 카리스였다.

46장

악연의 끝

카리스의 계획은 상당히 성공적으로 진행이 되고 있었다.

오랜 기간 동안 정성들여 그랜드 스켈레톤을 소환하고, 그것을 이용해 결판을 낸다는 계획이었다.

그랜드 스켈레톤을 이 현월군으로 몰고 온 것도 계획적인 일이었다.

이 현월군이 인구와 건물은 적지 않은 편인데 길이 엉망진창이라 지구의 '말 없는 마차' 나 강철새(비행기) 등이 제대로 운용하기 어렵다는 사실을 조사한 뒤 벌인 것이다.

여기까지는 모두 카리스의 계획대로였다.

마무리는 그랜드 스켈레톤을 이용해 실험체. 곧 유석을 잡는 것이었다.

유석이 나타나면 그랜드 스켈레톤을 이용해 놈을 잡아 그 힘으로 레넌 제국으로 돌아갈 것이다.

나타나지 않으면 그랜드 스켈레톤의 난동으로 시선을 끈 뒤 모두의 시선에서 사라져 어둠 속에서 다시금 기회를 엿볼 것이다.

그리고 유석은 나타났다.

물론 혼자 나타나진 않았지만 애초에 혼자 나타날 것이라는 기대도 한 적 없다.

'이걸로 끝을 보겠군. 놈의 끝이든, 나의 끝이든.'

그렇게 유석을 비롯한 이 지구라는 이름의 녀석들과 최후의 전투가 시작되었다.

과연 이 지구의 무기는 감탄할 만큼 뛰어난 화력을 가지고 있었다.

그러나 시달릴 대로 시달려 온 카리스 역시 대비를 해왔다.

현월군 같은 도시를 전장으로 삼은 것은 확실히 현명한 일이었다.

지구의 병사들은 이곳에서 제대로 힘을 발휘하지 못했다.

모든 것이 카리스의 계획대로 진행되고 있음에도 불구하

고 카리스가 주도권을 잡지 못한 것은 순전히 이 차원의 엄청난 무기들 때문이었다.

마법으로 몸을 숨긴 채 그 모든 것을 보고 있던 카리스는 유석이 전면에 나서는 모습을 보았다.

아무래도 유석이 무언가를 하려는 것 같았다.

어쩌면 그랜드 스켈레톤의 약점인 마나 하트에 대해 알아냈을 지도 모른다.

카리스는 서두르기로 했다.

일단 엄청난 빛을 주변에 흩뿌리는 플래시 마법을 시전했다.

"뭐, 뭐야!"

"젠장. 안 보여!"

마법으로 인한 빛의 폭발은 빛을 쬔 모두의 시선을 차단하는 데 성공했다.

유석 또한 눈을 가린 채 비틀거리는 모습이 보였다.

"좋아. 가라."

카리스의 명령을 받은 그랜드 스켈레톤이 움직이기 시작했다.

그랜드 스켈레톤은 길을 가로막고 있던 지프차를 날려 버린 뒤 그대로 유석을 향해 쇄도해 갔다.

*　　　*　　　*

예상치 못한 빛의 폭발.

유석 또한 그로 인해 시야가 차단된 것은 마찬가지였다.

쿠르르.

암흑 속에 빠져 있던 유석은 땅 끌리는 소리가 점점 가까워 오는 것을 느꼈다.

보이지는 않지만 그랜드 스켈레톤이 자신을 향해 다가오는 것이라고 직감한 유석은 재빨리 몸을 날렸다.

그러면서 총을 겨누고 방아쇠를 당기는 것도 잊지 않았다.

퉁퉁퉁.

자동 샷건 특유의 퉁퉁거리는 총성과 함께 그랜드 스켈레톤에게 쏟아졌다.

그랜드 스켈레톤은 잠시 멈칫거렸고, 유석의 시야도 조금씩 돌아오기 시작했다.

몸을 숨긴 채 그런 유석을 바라보던 카리스도 행동에 나섰다.

그가 손을 휘두르자 허공에서 불덩어리 몇 개가 피어오르더니 유석을 향해 날아갔다.

유석은 아마도 마나의 흐름일 듯한 공기의 흐름을 느꼈다. 동시에 흐릿한 시야에서 무언가 자신을 향해 날아오는 것을 보았다.

AA—12가 날아오는 불덩어리를 향해 불을 뿜었다.

슬러그 탄과 부딪친 불덩어리는 그 자리에서 작게 폭발하며 곧 소멸되었다.

그 광경을 지켜본 카리스는 조금 놀랐다.

분명 유석은 자신의 마법을 느꼈을 뿐만 아니라 보기까지 하고 저렇게 막아낸 것이다.

카리스가 아는 한 마법의 빛을 쬔 보통 사람이 저렇게 시야가 빨리 돌아올 수는 없었다. 원인은 한 가지 뿐이었다.

'역시 엄청난 마나를 가진데다가 항마력까지 가진 놈이라는 말인가. 끝장을 보지 못하면 엄청난 일이 벌어질 것이다.'

카리스의 명령을 받은 그랜드 스켈레톤이 유석에게 돌격하기 시작했다.

카리스의 마법도 유석에게 쏟아졌다.

유석도 계속해서 몸을 피하며 총을 쏘았다.

하지만 혼자서 카리스와 그랜드 스켈레톤 둘을 상대하는 건 다소 무리가 있었다.

"윽!"

허공에서 내려친 전격에 직격당한 유석이 비틀거렸다. 간신히 몸을 수습하기는 했지만 데미지가 적지 않은 듯싶었다.

그런 유석에게 그랜드 스켈레톤이 달려들었다.

그대로 쓰러뜨린 뒤 카리스에게 끌고 오는 게 그랜드 스켈레톤의 임무였다.

콰아앙!

그때 그랜드 스켈레톤의 후미 부분에 폭발이 일어났다.

시야가 돌아온 유석의 지원군들이 대전차포를 날려 준 것이다.

괴물 그 자체인 그랜드 스켈레톤이라고 해도 대전차포를 직격으로 맞고 아무렇지도 않을 수는 없었다.

그랜드 스켈레톤이 잠시 주저하는 사이 유석은 몸을 피할 시간을 벌 수 있었다.

그러는 사이 지원군들도 하나둘 시야를 회복하기 시작했다.

"유석 요원을 보호하라!"

"조심해서 쏴!"

중화기가 다시금 그랜드 스켈레톤을 향해 쏟아졌다.

카리스는 다시 한 번 플래시 마법으로 적들의 시야를 차단하려 했다.

'그쪽이냐!'

이번에는 유석도 순순히 당하지 않았다.

마나의 흐름을 느낀 유석은 카리스가 있는 곳을 향해 사격했다.

마법으로 몸을 숨기고 있던 카리스였지만 바로 근처에서 슬러그 탄이 날아와 튀는 상황에서 한가롭게 마법을 쓸 수는 없었다.

결국 카리스는 시전하던 마법을 포기하고 몸을 피했다.

그러는 사이 중화기는 연신 그랜드 스켈레톤을 공격하고 있었다.

퍼퍼펑!

요란한 소리와 함께 그랜드 스켈레톤의 이곳저곳이 깨져 나가고 부서졌다.

하지만 저렇게 되어도 분명 얼마 지나지 않아 그랜드 스켈레톤은 다시 재생할 것이다.

그 사실을 잘 알고 있는 유석은 자신이 본 상아빛 구체를 찾았다.

얼마 지나지 않아 찾아내는 데 성공했다.

"좋아."

특별한 탄창을 AA-12에 장착시킨 유석이 이동하기 시작했다.

제대로 하려면 최대한 접근해야 한다.

유석은 몸부림치는 그랜드 스켈레톤과 날아드는 중화기의 세례를 피해 접근하기 시작했다.

그랜드 스켈레톤도 그런 유석의 존재를 인지했다.

무언가 불안함을 느낀 것일까.

중화기 공격을 받는 와중에도 오로지 유석을 막기 위해 몸부림을 치고 꼬리를 휘둘렀다.

펑!

육중한 그랜드 스켈레톤의 꼬리가 다가오는 유석을 향해 내리 찍혔다.

바닥의 콘크리트 조각이 튀고 흙먼지가 피어올랐다.

만약 제대로 맞았다면 유석이라도 빈대떡이 되어버렸을 터.

하지만 흙먼지가 사라진 곳에 유석의 모습이 있었다.

유석의 AA-12가 그랜드 스켈레톤에게 겨누어졌다. 그리고 총구가 불을 뿜었다.

콰콰쾅!

총탄이 명중한 곳에 폭발이 일어났다.

특별한 탄창의 정체는 일반 산탄이나 슬러그 탄이 아니라 산탄총용 유탄이었다.

유석의 정확한 조준 덕분에 여러 발의 유탄이 정확하게 상아빛 구체를 향해 틀어 박혔다.

그랜드 스켈레톤의 상아빛 구체.

그것의 정체는 그랜드 스켈레톤의 약점인 마나 하트였다.

말하자면 생물로 치면 심장이나 뇌에 유탄이 틀어박혀 폭발을 일으키고 있는 셈이었다.

아무리 그랜드 스켈레톤이라고 해도 심장이나 뇌에 폭발이 일어나서야 무사할 수는 없었다.

열 발의 유탄이 마나 하트를 강타했고, 마침내 마나 하트가 박살이 나버렸다.

"……."

마나 하트를 잃은 그랜드 스켈레톤은 거짓말처럼 조용히 쓰러졌다.

몸부림이나 발작도 없이 미동도 하지 않고 쓰러지는가 싶더니 이내 천천히 분해가 되어 흩어지기 시작했다.

"우와아!"

"이겼다아아!"

그랜드 스켈레톤을 물리쳤다는 사실을 깨달은 지원군들이 환호성을 내질렀다.

'빌어먹을.'

카리스도 그 광경을 지켜보았다.

그랜드 스켈레톤을 잃은 지금 같은 상황에서 유석을 죽이기 위해 달려드는 것은 자살 행위일 터.

하는 수 없이 카리스는 다시 한 번 후일을 기약하기로 하고 몸을 빼 달아나려고 했다.

그러나 유석은 그런 카리스를 가만히 놔두지 않았다.

그랜드 스켈레톤을 죽였다고 환희에 잠기기는커녕 더욱 냉정히 카리스의 행방을 찾고 있었던 것이다.

"카리스!"

카리스는 마법으로 몸을 숨기고 있었지만 인기척과 마나의 흐름으로 카리스가 있는 곳을 알아본 유석이 AA-12의 방아쇠를 당겼다.

탄창에 마지막으로 남아 있던 유탄이 카리스가 있는 곳 근처에 떨어졌다.

쾅!

폭발이 일어났다. 폭발의 여파가 가라앉은 자리에는 피투성이가 된 카리스가 쓰러진 모습이 보였다.

끔찍하게도 카리스는 몸의 절반이 날아간 상태였다.

하반신이 통째로 폭발에 휘말린 듯 온데간데없이 상반신만 남아 꿈틀거리고 있었다.

유석은 새로운 탄창을 조준하며 그런 카리스에게 다가갔다.

카리스는 힘겹게 고개를 돌려 그런 유석을 응시했다.

"네, 네놈……."

카리스의 눈에는 분노와 증오가 가득했다. 그러나 분노와 증오라면 유석도 뒤질 게 없었다.

"죽을 시간이다."

유석은 AA—12를 겨냥하며 말했다. 카리스가 발악하듯 말했다.

"이게… 끝이라고 생각하지 마라."

"끝이 아니라고? 어째서?"

"언젠가 레넌 제국이 다시 네놈들을 침공할 것이다. 그리고 한 번의 패배를 거름삼아 이번에야말로 이 빌어먹을 차원을 쑥대밭으로 만들어 버릴 것이다."

그런 카리스의 말에 유석의 입술이 비뚤어졌다.

"그래?"

"……."

"죽기 전에 재미있는 사실 하나 알려줄까?"

"무슨… 소리냐."

"너는 잘 모르겠지만, 이 지구상에는 대한민국보다 훨씬 강한 나라도 여럿 있어. 그중 최강의 국가가 미국이라는 곳이지."

"……?"

"그 미국과 대한민국이 손을 잡기로 했다. 차원의 문을 넘어서 그 레넌 제국을 박살 내기 위해 말이지."

"뭐라고?"

"당연한 일 아니야. 네놈만 봐도 알 수 있는 일이지. 레넌 제국이 또 침공을 해올지 모르는 상황이니 우리가 먼저 가서 네놈들이 한 짓의 책임을 묻고, 예기치 않으면 박살을 내 버린다. 이런 이야기지."

"……."

"본래는 네놈의 협조를 얻어서 차원 이동 장치인지 뭔지를 복구할 계획도 있었다고 하지만… 그냥 미국과 손을 잡고 그것을 복구할 모양이다. 그리고 이미 꽤나 괜찮은 성과를 거두고 있다고 하고. 아마 머잖아 우리가 차원의 문이라는 걸 열고 레넌 제국으로 갈 수 있을 거다."

"그, 그런……."

유석의 AA－12가 카리스의 머리를 향했다.

"지옥에서 기다리고 있으라고. 머잖아 네 동료들이 많이 찾아갈 것 같으니까."

"네놈……!"

탕!

총성과 함께 슬러그탄이 카리스의 머리를 날려 버렸다.

머리를 잃은 카리스의 몸뚱이는 잠시 꿈틀거리다 곧 움직임이 멎었다.

그런 카리스의 시신을 바라보며 유석은 작게 한숨을 내쉬었다.

이걸로 카리스와의 악연은 완전히 끝났다. 그러면 이제 다 끝난 것인가.

"그건 아니지."

유석은 자기에게 말하듯 중얼거렸다.

진실로 아직 끝난 것은 아무것도 없다.

카리스는 죽었지만 아직 레넌 제국은 건재하지 않은가.

레넌 제국에게 자기들이 한 짓을 책임지게 하거나, 아니면 아예 멸망을 시켜야만 모든 게 끝나는 것이다.

무슨 일이 있어도 반드시 그렇게 하게 만들 것이다.

유석의 결심은 절대로 바뀌지 않을 것이었다.

"이건 시작에 불과해."

에필로그

제우스 그룹이 북한 지역에서 저지른 악행이 만천하에 공개되면서 전 세계는 경악을 금치 못했다.

제우스 한국 지부가 박살 난 것은 물론, 미국에 있는 본사 역시 미국 정부에서 작정하고 수사하기 시작했으며 세계 각국에서 제우스에 대한 수사가 이어졌다.

결국 제우스가 북한에서 한 일뿐만 아니라 다른 곳에서 벌인 불법적인 행위들도 줄줄이 발각되었다.

때문에 세계 각국에서 제우스의 간부들 대부분이 연루되어 체포되거나 강제로 은퇴하는 사태로 이어졌다.

그렇게 제우스 그룹에 대한 일이 마무리되어지고, 이후로는 유석이 카리스에게 가르쳐 준 대로였다.

아무래도 레넌 제국이라는 곳을 가만히 놔둘 수는 없다.

언제 그쪽에서 다시 침공해 올지 모르니 이쪽에서 먼저 차원의 문을 열고 접촉하자.

그것이 한국 정부의 결론이었다. 그리고 한국은 파트너로 미국을 낙점했다. 물론 미국이 순수하게 동맹국인 한국을 돕겠다는 이유에서 협조할 리는 없었다.

레넌 제국의 무궁무진한 문물을 노리고 있는 게 분명했다.

마법 문명의 기반에 세워진 레넌 제국의 문물.

그것을 독점하는 것이 한국 입장에서 가장 바람직할 것이겠으나, 여러 가지 현실적인 문제상 그것은 힘들 것이었다.

때문에 한국 정부는 미국을 파트너로 낙점한 것이었다.

두 나라가 레넌 제국의 문물을 어떻게, 얼마나 가지는가. 그것은 앞으로의 일에 달려 있을 것이었다.

* * *

"기다리고 있었습니다."

"마찬가지입니다."

제우스 그룹 사건이 끝나고 일 년 뒤.

유석은 차원 이동 장치 관련 프로젝트의 책임자 민문영과 만남을 가졌다. 단순히 유석과 문영의 만남이 아니었다.

주변에는 한국 과학자들과 미국 과학자들, 한국과 미국의 높으신 분들이 수두룩했다. 수만과 은아를 비롯한 국정원 요원, 제임스를 비롯한 CIA 요원들의 모습도 여럿 보였다.

오늘은 드디어 모두가 고대하던 차원 이동 장치의 첫 번째 가동 실험이 있는 날이었던 것이다.

다만 실험 자체가 위험할 수 있기 때문에 대부분의 사람들은 직접 관람이 아닌 원격에서 영상을 통하여 하기로 되어 있었다. 그러나 유석은 현장에 있었다.

혹시 괴물 같은 게 튀어나오는 사태를 대비하는 것인 동시에 유석 본인이 직접 두 눈으로 보고 싶어 해서였다.

"그럼 시작하겠습니다."

모두들 모인 가운데 문영이 장치 가동 명령을 내렸다.

과학자들이 바삐 움직이고 컴퓨터가 돌아가는 가운데 차원 이동 장치와 연결된 대형 발전기도 가동하기 시작했다.

마나가 아니라 전기로 움직이는 차원 이동 장치.

그것이 지난 1년간 미국 과학자들과 협조하여 만들어 낸 프로젝트의 결말이었다.

위이잉—

요란스러운 소리와 함께 발전기가 돌아갔다.

잠시 후, 차원 이동 장치 역시 요란스러운 소리와 함께 천천히 빛나기 시작했다.

번쩍!

문득 차원 이동 장치가 폭발하듯 빛났다.

빛은 여느 빛처럼 흩어지는 대신 한 덩어리로 뭉치더니 프로젝터가 비추듯 허공에 거대한 스크린을 만들어냈다.

"……."

현장에서 직접 실험을 보는 사람이든, 원거리에서 영상으로 보는 사람이든 모두들 아무 소리도 내지 못한 채 그 광경을 주시했다. 들리는 건 기계 소리뿐이었다.

시간이 지나고, 허공의 스크린은 점점 어떤 풍경을 비추기 시작했다. 마치 자연 다큐멘터리에서나 보아온 이국적이고 아름다운 풍경이 펼쳐졌다.

"……."

침묵은 계속되었다. 영상을 지켜보는 누구도 저 스크린의 풍경이 무엇을 의미하는지 제대로 알지 못했던 것이다.

침묵을 깬 것은 문영의 환희에 찬 목소리였다.

"성공입니다!"

비로소 여기저기서 박수와 환호성이 터져 나왔다.

드디어 지구에서 레넌 제국이라는 다른 차원으로 가기 위한 차원의 문을 여는 데 성공한 것이다.

박수와 환호성 속에서 스크린, 차원의 문을 지켜보던 유석 역시 미소를 감추지 못했다.

이제부터 진정한 시작이었다.

레넌 제국을 향한 싸움이.

『차원정복자』 완결